万能「村づくり」チートでお手軽スローライフ

vol. 2

村ですが何か？

物紹介

ルーク

主人公。
アルベイル侯爵の息子で
前世の記憶を持つ。

セレン

ルークの元婚約者。
氷剣姫という二つ名を持つ。
ルークが大好き。

ミリア

ルークのメイド。
追放されたルークに付き従った。
ルークのことが…

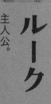

登場人

アリー

ダンジョンマスター。

ラウル

ルークの弟。
ギフト『剣聖技』を持つ。

エデル

ルークの父親で
アルベイル侯爵。
戦いを好む。

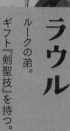

前巻のあらすじ

乱世の中、転生して領主の息子として生まれたルークは、
十二歳のときの祝福で『村づくり』という役に立たないギフトを授かってしまう。
そればかりか、弟のラウルが『剣聖技』のギフトを授かり完全に立場が逆転、
ルークは未開の地へ追放されてしまった。
不毛の荒野へと辿り着いたルークだったが、
そこで謎のギフト『村づくり』が発動し、あっという間に村ができあがってしまう。
この小さな村で細々と暮らしていこう。
そう思っていたのだが――
どんどん村人が増え、どんどんギフトのレベルが上がり『村づくり』も進化していく。

気づけば高層建築が立ち並び、最高の美食と暮らし心地、
そして最強の軍事力を誇る「村」と化していた……!
「いや、これもう村じゃないよね?　僕のスローライフどこいった…?」

凶悪な盗賊を撃退し、エルフたちを救い、オークキングを倒したルークに次なるトラブルが!?

もくじ

プロローグ

雪化粧した道を進む一団があった。

「ほ、本当にこの先に村なんかあるのか……？」

「分からねぇ。だが、商人たちが嘘を教えるとも思えないし……」

「どっちにしても、この雪だ。村に辿り着く前に凍え死んじまうかもしれねぇぞ……」

どうやら荒野の村の噂を聞きつけ、住んでいた村を捨ててきた者たちらしい。

しかしアルベイル領の最北から、さらに北に位置するこの一帯には、すでに雪が降り積もっていて、移動するだけでも大変な状況となっていた。

「お、おい、何だ、あれは？　道……？」

「本当だ、道だ！　……っ！　み、見ろ！　向こうに……」

そんな彼らが発見したのは、雪の中に延びる一本の道。

さらにその先へと視線を向けると、白銀の世界の中に堂々と立つ巨大な城壁があった。

「やった！　あったぞ！」

「う、噂は本当だったんだ……」

長旅の疲労を忘れ、嬉々として走り出す。

一本道の上に彼らの行く手を阻む雪はなく、まるで枷《かせ》から解放されたかのように足が軽い。

「……あれ？　何でこの道だけ雪が積もっていないんだ……？」

◇　◇　◇

荒野の冬は寒い。

そして山脈に隣接しているせいか雪が頻繁に降るようで、本格的な冬が到来する前に、すでに一面が銀世界になるほど積もってしまうこともあるという。

そうなると当然、往来は難しくなるだろう。このままでは行商人も移住者も、冬の間は村にやって来られなくなってしまう。

そこで僕は、ギフトで作った道路に、施設グレードアップのスキルを使い、「融雪性能」を付与することにした。

ロードヒーティングみたいに、雪や氷が溶けやすくなるという効果があり、これで少々の雪なら問題なく行き来できるようになるはずだ。

そんなことを商人団代表のブルックリさんに伝えると、本格的な冬になるまでは村に来てくれることになった。

「すごく助かります」

「いやぁ、この村はとても快適ですからね。商売がなくても来たいですよ」

ブルックリさんの言葉に、他の商人が深く頷く。

「美味しい食べ物があって、寝床は温かくて、いつでも好きなときに入れる大浴場がある。ほとんど保養地みたいなもんですな、はっはっは」

そう言えば最近、彼らが村に滞在している期間がやたら長くなってきている気がする……。

「いっそのこと、我が商会の拠点をこの村にしましょうかね」

「おお、それはいい案ですよ、副会長！」

「はは、必要なら建物を提供しますよ」

「本当ですか!?」

冗談かと思って軽く提案してみたら、ブルックリさんがめちゃくちゃ喰いついてきた。

どうやら本気だったらしい。

ブルックリさんが副商会長を務めるのは、北郡でも有数の商会だ。その支店をこの村に作るというのではなく、本部そのものをこちらに移すなんて、さすがに思い切り過ぎじゃないかな……？

「帰ったら会長に相談してみます！（難しければいっそ退職して……ふふふ……）」

まぁ、最近は彼ら以外の商人たちもこの村へ訪れるようになってきているので、先行者として負けられないという気持ちがあるのかもしれない。

　あれから移住者も増え続けている。今日も新しい移住者を迎えたところだし、どんどん村が賑やかになっていく。

　あれ、おかしいな？　僕は細々とのんびり暮らしていくつもりだったはずなのに……。

　それでも、出会いがあれば別れもあるわけで。

「フィリアさん、里の復旧は進んでいますか？」

「ああ、もちろんだ。貴殿が地下道を作ってくれたお陰で、少しずつだが順調に進んでいる。恐らく春には完了するだろう」

「そうですか」

　つまり春になると、エルフたちは里に帰ってしまうというわけだ。

「そう考えると少し寂しい感じもしますね」

「と言っても、村と里は目と鼻の先だ」

「そうですね。いつでも遊びに来てください」

◇　◇　◇

「聞いていた通り、ここは天国のような村だな」

「ああ。冬なのに食料はたっぷりあるし、毎日幾らでも温かいお湯を使うことができる。それにこんな大きなお風呂だって入れる」

「あの雪の中、荒野に向かっていたときはどうなることかと思っていたが……」

公衆浴場の広い湯船に浸かり、二人組の男が話をしている。

つい最近、移住してきたばかりの彼らは、村の充実した生活環境に驚きっぱなしだった。

「それにしても、あのマンションとやらは凄いな。寒い地域だからと心配していたが、室内にいるとまったく寒くない。以前のボロ家なんか、秋の夜にはもう藁に包《くる》まってないと寝られなかったぞ」

「しかもあれを村長が一瞬で作っているなんて……」

「本当にこの村の環境は素晴らしいですよね！」

「「っ!?」」

彼らはぎょっとした。

というのも、いきなり話に割り込んできたのが、美しい容姿のエルフだったからだ。

よく見ると股間にアレがぶら下っている。どうやら男のエルフのようだ。

男湯なのだから当然だが、アレを確認しないと分からないくらい、エルフの男女を見分けるのは難しいのである。

「ええと、あなた方は元々、森に住んでおられたとか……」

「そうなんです。しかしオークの群れに襲われてしまいまして。この村に助けを求めて、どうにか命拾いしました。こう見えて、この村は高い戦力もあるんですよ。下手な都市よりよっぽど安全です」

「へえ、そりゃ安心ですな。魔境から近いので、少し心配しておったんです」

最初こそ戸惑った二人組だが、気さくなエルフに、段々と打ち解けていった。

「里が復旧したら、森に戻ってしまわれるので？」

「いやいや、そんなわけないですよ。こんな快適なところを知ってしまったら、もうあんな不便で危険な場所に住んでなんていられませんって」

その言い分に、二人組は思わず顔を見合わせる。

目の前のエルフは少々型破りのようだが、本来彼らは高潔な種族だ。里のことをそんなふうに言ってよいのかと、不安になってしまったのである。

「あはは、構いませんよ。言葉には出さないだけで、みんな内心そう思ってますから。まぁ他の連中がどうするかは分かりませんけど、僕は絶対に帰りません。帰りたいエルフだけ帰ればいいんです」

第一章　エルフとドワーフ

最近かなり暖かくなってきた。

まだ荒野のあちこちには雪が残っているけれど、一時期の肌を刺すような冷え込みはなくなり、比較的過ごしやすい気温の日々が続いている。

どうやらこの荒野にも春がやってきたらしい。

「お尻の方はもう大丈夫ですか？」

「え、ええ、お陰様で……」

エルフの族長、レオニヌスさんはどこか恥ずかしそうに言う。

一時は歩くのも辛そうな様子だったけれど、完治したみたいでよかった。

「それにしても、この村に来てからお尻が痛くなっちゃう人が結構いるみたいなんですけど、何か原因に心当たりありませんか？」

「さ、さあ、儂には分かりかねるのじゃが……」

なぜか目を泳がせるレオニヌスさん。

そう言えば、フィリアさんも痛そうにしていたっけ。……この村に特有の病気とかじゃなければいいんだけど。

村長としてはしっかり原因を究明しておきたいところだ。

「(言えない……ウォシュレットが気持ちよくて、使い過ぎたから痔になったなど……しかも親子ともども……)」

「レオニヌスさん？」

「い、いえ、何でもないのじゃ！　……それよりもルーク殿、この度は何から何まで本当に世話になったのじゃ」

なんだか露骨に話を変えてきた気がするけど……まぁいいか。

「里の復旧作業が終了したんですね」

「はい。お陰様で、無事に里に帰ることができそうですじゃ」

「そうですか。それはよかったです」

これでこの冬を一緒に過ごしたエルフたちともお別れか。と言っても、村と里は地下道で繋がっているため、いつでも会えるんだけれど。

「地下道は残しておいていいんですね？」

「ええ、ぜひ。我々としても、今後も仲良くさせていただければ嬉しい限りですじゃ」

それからレオニヌスさんは、少し言い辛そうに、

「それと……実は同胞の中に、これからもこの村で暮らしたいと考えている者がいるようでしての……」

「そうなんですか？」

予想外の言葉に僕は驚く。

普段は森で暮らしているエルフたちにとって、この村での生活はやっぱりストレスだろうと思っていたのだ。

そのせいで、お尻に痛みが出てしまったのかも……なんて考えていたほど。

でも、中にはこの村を気に入ってくれたエルフもいたのだと知って、僕は嬉しくなった。

「もちろん迷惑がかかるようでしたら、諭《さと》して里へ連れて帰るのじゃが……」

「いえいえ、迷惑なんて、そんなことないですよ。見ての通り移住者ばかりの村ですし、住む場所も食料も問題ないです」

「ほ、本当ですかの？　では、希望者はこの村に残っても……？」

「ええ、構いませんよ。ぜひ歓迎します」


そんなわけで、翌日。

この村への完全な移住を希望する一部を残して、エルフたちが里に帰ることとなった。

地下道を通って帰還するので、エルフたちは広場に集合している。

見送りのため、村人たちも大勢集まっていた。

「ルーク殿。同胞を代表し、改めて貴公にお礼を申し上げるのじゃ。そしてこの村がますます発展することを心から願っておりますのじゃ」

「レオニヌスさん、ありがとうございます。どうかレオニヌスさんもお元気で。またぜひ遊びに来てください。いつでも歓迎します」

レオニヌスさんは族長なので、当然、里に帰ることになっている。

……昨晩、レオニヌスさんに貸しているマンションの一室から「儂は帰りとうない！　帰りとうないのじゃあああっ！」という大声が聞こえてきたと村人たちが噂してたけど、きっと気のせいだろう。

フィリアさんはどうするのかな？　族長の娘だし、やっぱり帰っちゃうのかな？

「では皆の者、これより里に帰還するのじゃ！」

レオニヌスさんはそう呼びかけ、先陣を切って地下道へと下りていった、のだけれど——

——しばらく経ってから引き返してきた。

「ちょっ、何で誰も付いて来ぬのじゃ!?」

そう。誰一人として、レオニヌスさんに続く者がいなかったのである。エルフたちは互いに顔を見合わせ、

「いや、そりゃそうだよな……」

「うん……」

「やっぱり誰も帰ろうとしないか……」

全員で示し合わせてレオニヌスさんにドッキリを仕掛けた、という感じではなさそうだ。彼ら自身少し戸惑いつつも、「予想通り」といった反応である。

そんな中、一人のエルフがおずおずと告げた。

「あの、族長……当たり前かと」

「なに？」

「希望者はこの村に残ってもいいというのなら、全員が残るに決まっていると思います」

そこで堰を切ったように、エルフたちが一斉に主張し始めた。

「だって里と違って食事は美味しいし……」

「安全で、魔物の侵入に怯える心配はないし……」

「いつでもお風呂に入れるし……清潔だし……」

「村長はかわいいし……」

「村の中が全然臭くないし……」

「家の中は暖かいし……気持ちのいいベッドもあるし……」

「村長はかわいいし……」

「水もお湯も使い放題だし……」

「どう考えても里より圧倒的に快適だし……」

「村長はかわいいし……」

里との格差を突き付けられて、レオニヌスさんは「ぐはっ」と血を吐くような声を上げてよろめく。

「そ、それはそうじゃが！　それでもあそこは先祖代々が暮らしてきた場所！　愛着があるじゃろう！」

「愛着だけで乗り越えられるような差じゃないっていうか……」

「だよな。この村の快適さを知らなければ、まだ我慢できたかもしれないが……知ってしまった今となっては、もう無理だな」

「あそこには戻れない身体にされてしまったから……」

「ぐぬぬ……」

レオニヌスさんは縋《すが》るような目を、娘のフィリアさんへと向けた。

「……私も皆の意見に同意だ」

「フィリア、お前もか……」

実の娘にも裏切られて、レオニヌスさんは遠い目になる。

それから突然、吹っ切れたように声を張り上げた。

「だったら、儂もこの村に残るのじゃああああああっ！」


「いや、さすがに族長が里を離れるのは……」

「うん、そこは先祖に悪いっていうか」

「せっかく復旧させたわけだし」

仲間外れにされてしまう可哀想なレオニヌスさん。

「何でじゃ!?　まさかお主ら、儂一人であんなところで暮らせというのか!?」

あんなところって言っちゃった……。

「というか、儂だって！　儂だってなぁっ！　この村で暮らしたいんじゃよおおおおおっ！」

レオニヌスさんの心の叫びが木霊する。

「えーと……じゃあ、改めて、皆さんを歓迎しますね……」

そんなわけで、結局エルフたちはレオニヌスさんも含めた全員が、この村に残ることになったのだった。

〈レオニヌスを代表とする238人が村人になりました〉

そうしてエルフたちが新たな村人として加わってから、しばらくのことだった。

『ルーク村長。東の方から集団が近づいてきているようです』

『東から？　東には山しかないはずだけど……』

サテンからの念話を受けて、僕は首を傾げる。

この荒野の東は、標高３０００メートル級の山々が連なっていて、北の森と並んで危険な魔境とされている。そんな方向から移民がやってくるなんて、ちょっと考えにくかった。

『それが、どうやら普通の人間ではない様子でして』

『というと？』

『もしかしたらドワーフかもしれません』

『ドワーフ？』

ドワーフというのは、エルフと同じく僕たち人間の近縁種だ。背丈こそ人間より低いものの、体格が良くて力が強く、それでいて手先が器用な種族だという。

「ドワーフか。豪放磊落《ごうほうらいらく》で、細かいことを気にしない無神経な連中だ。平気で他人の領域に土足で立ち入ってくる。それゆえ歴史的に我々エルフとはあまり仲が良くない」

と、フィリアさんが教えてくれる。

長く生きているからか、ドワーフにも会ったことがあるのだろう。

エルフはどちらかと言うと真面目で神経質で、排他的な性格だという。生憎、実際の彼らを見ているとあんまりそんなイメージじゃないけど、確かにドワーフとは相性が悪そうだ。

ともかく、僕はドワーフの集団を出迎えることにしたのだった。


百人強のドワーフの集団からおっかなびっくり進み出てきたのは、女の子のセレンとそれほど背丈の変わらない、それでいて肩幅は倍以上ありそうな男性ドワーフだった。

彼だけじゃない。ドワーフは大人の男性でも人間の女性くらい、大人の女性で僕くらいの身長しかないようだ。

「あ、す、すいやせん……おいら、ドワーフのドランと言いやす……」

「……ええと、村長のルークです。初めまして」

しかも髭もじゃで結構な強面……なのだけれど、随分と弱々しい声で話しかけてくる。

あれ、聞いていた印象とまったく違うよ？

このドランさんだけが特殊なのかと思ったけど、どうやらそうではなさそうだ。

他のドワーフたちも例外なくビクビクオドオドしていて、いかにも臆病そうで、ドワーフの特徴と聞いていた豪快さなんて欠片も感じられない。

「お、おいらたち、ずっと向こうに見える山で暮らしてた……」

「魔境とされているあの山々でですか？　随分と危険な場所ですよね？」

「洞窟があって、そこに籠ってたから……」

どうやら彼らは山々の麓あたりにある洞窟で暮らしていたらしい。

洞窟の入り口は一か所だけで、防衛には非常に適した構造だったようだ。

でもそれでどうやって食べていたのだろう？

不思議に思って詳しく聞いてみたら、どうやら洞窟内で育つ特殊なイモを栽培し、主食にしていたという。

「あとは、洞窟内の虫とか蝙蝠《こうもり》とか……たまに、迷い込んできた動物や魔物の肉なんかも……」

……いずれにしても、あまり良い暮らしぶりではなかったみたいだ。

エルフたちと同じように、彼らドワーフもかつては人間と交流があったそうだけれど、今ではほとんど断絶してしまっている。

彼らも迫害され、辺境に追いやられてしまったせいだろうか。

「いや、ドワーフの場合は自業自得だ。奴らは自らが開発した強大な武具を使い、巨大な帝国を築いていた。しかしその武力で世界を支配しようとしたためか、天罰により国が崩壊。ドワーフたちは散り散りになり、以降は各地で細々と暮らすようになったのだ。……私もさすがに当時を生きていたわけではなく、伝承で聞いただけであるがな。なにせ千年以上も昔のことだ」

千年……せいぜい十年ちょっとしか生きてない僕には、想像もできないほどの昔だ。

それにしても国を崩壊させるほどの天罰って、どんなものだったんだろう？

「おいらたちも詳しいことは知らないだ。だけども先祖が洞窟に住み着き、それからずっとそこで暮らしてきたとか……」

「なるほど、薄暗い洞窟に住み続けて、性格まで暗くなってしまったというわけか。しかし、この方が静かでありがたいな。ぜひともすべてのドワーフに洞窟暮らしをしてもらいたいところだ」

ドワーフのことだからか、フィリアさんがちょっと辛辣だ。

エルフとドワーフの仲が悪いのは本当だったらしい。

「それで、どうしてまたこんな荒野の村に？」

「実は……」

なんでも数日前に突然、洞窟の中に恐ろしい魔物が現れたのだという。

洞窟の入り口は普段から封鎖されており、何かがそこを通った気配はまったくなかったというのに、いきなりドワーフたちが住む洞窟内に出現し、暴れ回ったそうだ。

「……蛇とも芋虫とも言える巨大な魔物で……おいらたちは逃げ惑うしかなかっただ……」

そのため彼らは長年暮らしていた洞窟を破棄し、荒野へと逃げてきたのだという。

ドランさんは青い顔をしてそのときの恐怖を語ってくれた。

「そうしたら、ここを見つけて……おいらたちには、行く当てもなければ、食料もない……。せめて、何か食べ物だけでも恵んでもらえたらと思って……」

　恐る恐る頼み込んでくるドランさん。

「そうだったんですか。もちろん構いませんよ。よければ住む場所も提供します」

「ほ、本当に……？　でも、異種族のおいらたちに、なぜそんなに優しく……はっ？　その対価だと言って、おいらたちを死ぬまで酷い労働に従事させる気では……？」

　随分とネガティブなドワーフだなぁ。

「あのエルフたちも、きっと性奴隷にされて……」

「じゃあ、おいらたちも……？」

「いんや、見た目の悪いおいらたちなんて、性奴隷にだってなれねぇべ。ちょっと身体が強くできてるからって、きっと死ぬまで強制労働させられるんだ……ガクブル……」

　他のドワーフたちも例外なく不安を口にしている。

「そんなことしませんって。彼女たちエルフも対等な村人の一員として暮らしています。僕たちは種族が違うからって、差別したりしないので安心してください」

「まったく、誰が性奴隷だ。我ら誇り高きエルフは、決して人間の奴隷などにはならん。自らの意志でこの村に住んでいるのだ」

　僕がドワーフたちの懸念を否定すると、フィリアさんがそれを証明するように断言する。

　これで少しは不安が解消されたかな？

後は実際に村を見てもらえば、何も心配する必要がないことは分かってくれるだろう。

「では、これから村を案内しますね」

そうしてドワーフたちを連れて村に入る。

「き、綺麗な村だべ……」

「んだ。嫌な臭いもしねぇし、ゴミ一つ落ちてねぇ」

「不思議な建物も多いが……どれも真新しい」

「水もお湯も使い放題なんて……人族はみんなこんな生活してるべか？」

村人たちに注目されて最初はびくびくしていた彼らだったけれど、村の施設を説明していくと段々驚きの方が勝っていったようだ。目を丸くしてキョロキョロしている。

「あそこに見えるのが公衆浴場です」

「公衆浴場……？」

「みんなが使える大きなお風呂ですね」

「な……」

「それって、もちろん裸で入るべ……？」

「そんな恥ずかしいことできるわけない……」

エルフたちはあんまり抵抗がなかったのに、彼らドワーフ的にはあり得ないことらしい。

むしろ裸を見られるなんて気にしなさそうなイメージなので、なんだか変な感じだ……。

最後に彼らをマンションに案内した。

「ここがこれから皆さんの住む場所です。ひと家庭に付き一部屋、使っていただいて構いません。各部屋にはお風呂とトイレも付いています」

「あ、あの……村長殿……」

「どうされましたか、ドランさん？」

部屋の中も見せたりして、大よその使い方を説明したところ、なぜかドランさんが言い辛そうにおずおずと切り出す。

「とても素晴らしい部屋なんだが……」

「何かありました？　もし希望があればおっしゃってください」

施設カスタマイズを使えば、希望に応えられるはずだ。

「実は……ま、窓が大きくて……その……明かりがいっぱい入ってくるのが……」

「？」

詳しく聞いてみると、どうやら彼らは長きにわたって洞窟の中で暮らし続けたため、太陽の光が苦手になってしまったのだという。

「明るいと、落ち着かないというか……気持ち悪くなるというか……」

「そ、そうなんですね……」

なかなか難儀な体質のドワーフたちである。

でも、それくらいなら対処は簡単だ。部屋から窓を無くすか、小さくしてしまえばいい。

「あ、でも……もっといい方法があるかも」


「ここならどうですか？」

「す、すごい……っ！　おいらたちが住んでた洞窟とほとんど変わらない環境だ！　ここなら落ち着けるだ！」

地下道にドランさんの喜びの声が響く。

そう、僕がドワーフたちを連れてきたのは、新たに作成した地下道だった。

洞窟の中に暮らしていた彼らにとって、太陽の下の地上で生活するより、ここの方がもっと合うだろうと思ったからだ。

そうして地下道にマンションを建てる。

これなら窓があっても、外は洞窟内なので問題ないはずだ。


「というわけで、乾杯！」

「「かんぱーい！」」

その後、夜になって彼らの歓迎会を催すこととなった。

どうやら陽が沈んでしまえば、外に出るのもあまり気にならなくなるらしい。

「さあさあ、皆さんも遠慮せず飲んでください」

「で、では、お言葉に甘えて……う、うまい!?　なんてうまい酒だべ!?」

この村の酒造所で作っているお酒だ。

〈酒造所：お酒を製造するための施設。生産速度および品質アップ。飲み過ぎには注意！〉

原料や水が良いのもあるだろうけれど、この施設で作ると高品質のお酒になるらしい。

現在はワインなどの果実酒や麦酒、家畜のミルクを使った乳酒なんかが作られている。

……僕はまだ飲めないんだけどね。

ドワーフはお酒好きな種族だし、これで少しは打ち解けてくれるかもしれない。

そんな僕の期待は、ちょっと予想外の形で裏切られることとなった。

「がっはっはっは！　こいつはうめぇ酒だぁぁぁっ！」

「こんなうめぇもん、ただ飲むだけじゃ勿体ねぇべ！　おい、お前、何か余興をやれ！」

「へい！　おらの得意な腹芸、見晒せぇ～っ！」

さっきまであんなにオドオドしていたはずのドワーフたちの様子が、お酒が入った直後から一変したのだ。

あちこちから大きな笑い声が響き、次々と謎の一発芸が披露されていく。

中には半裸になって踊る者まで現れる始末だ。

終いには女ドワーフまで——って!?　ちょっと、こんなところで胸を出さないでよ！　はい！

子供たちは解散！　見ちゃダメだよ！

「え？　何？　お酒を飲むと性格が変わっちゃうの？」

「どうやらそのようだな……。というか、あれこそが私の知る本来のドワーフ族だ」

フィリアさんが呆れ顔で嘆息する。

「うっほほっ！」

「うほっほ！」

「うほうほうほ！」

さらにお酒が入ってくると、誰からともなくゴリラのような鳴き声を発し始めた。お酒を片手にぐるぐると回り始め、とんでもない盛り上がりようだ。

「うほ！　うほほ！」

そんな中、ドワーフの一人が僕の方を指さし、何かを主張する。

生憎とゴリラ語（?）なので何を言ってるかまったく分からなかったけれど、どうやらドワーフたちには通じたらしく、

「「「うほおおおおおおおおおおっ！」」」

ゴリラ状態のまま一斉にこちらに駆け寄ってくる。

「ちょっ!?　えっ!?」

「「「うほほっほっほ～っ！（ルーク村長、ばんざーい！）」」」

気が付けば僕は、怪力の彼らによって簡単に持ち上げられていた。

そうして彼らの頭上で、空中へ放り上げられる。

「うわあああああっ!?」

しばらく宙を舞った後、彼らにキャッチされると、再び空に向かって放り投げられた。

「ど、胴上げ!?　何で!?」

「「「うほほっほっほ～っ！（ルーク村長、ばんざーい！）」」」

「何を言ってるの!?」

「「「うほほっほっほ～っ！（ルーク村長、ばんざーい！）」」」

「だから何言ってるか分からないってば！」

どうにか僕は胴上げ地獄から抜け出すことができたけれど、ドワーフたちは夜が更けても騒ぎ続けた。

ようやく静かになったのは、全員が酔い潰れて寝てしまったときだ。

そして翌朝、死屍累々と広場に転がるドワーフたちが、朝日を浴びて目を覚まし始める。

「……んん？　おいらは、一体……？」

「っ！　何でおら、裸になってるだ!?」

自分たちがほぼ全裸で、しかも太陽の下で寝ていたことに気づいて狼狽え出した。

「は、恥ずかしいだ……っ！」

「太陽が眩し過ぎるっ！」

酔いが醒めたことで我に返ったのか、あちこちに散乱していた服を慌てて身に付けると、地下へと逃げるように駆け込んでいく。

「……今後、ドワーフたちがお酒を飲んでいいのは、地下だけにしよう」

僕はそう決めたのだった。

「は、はい、村長がそう言うのなら……その、もしかしておいらたち、何か機嫌を損ねるようなことを……？」

その後、ドランさんにやや強めの口調で伝えると、恐る恐る訊いてきた。

「え？　もしかして昨日のこと、覚えてないんですか？」

「も、申し訳ないことに、酔っていてまるで……」

どうやら昨晩の奇行をまったく覚えていないらしい。

「ええっ？　おいらたちがそんな恥ずかしい真似を……っ？　何かの間違いでは……？」

「残念ながら本当です」

「そんな……そ、そう言えば、確かに今までも夜に酒盛りをしたとき、朝起きたらなぜか知らない場所で寝ていたり、裸になっていたり……」

「完全にそれです」

それにしてもこうして身を縮めているところを見ると、昨晩、自ら率先して裸になり、お腹に顔を描いて踊りまくっていたドワーフと同一人物とは思えない。

……この世界にも腹踊りなんてあったんだ。

「とにかく、これからは地下で飲むようにしてくださいね」

そんなこんなで、村に新しくドワーフたちが加わったのだった。

〈ドランを代表とするドワーフ124人が村人になりました〉

第二章　ダンジョン探索

エルフの里には代々、祈禱師と呼ばれている人がいるという。

僕たち人族でいう神官に当たり、『神託』に相当する『祈禱』というギフトで、エルフたちを祝福するのが祈禱師の役目だ。

なので、エルフたちは例外なく祝福を受けていた。

238人のうち、ギフトを授かっているのは20人ほど。

未祝福の子供を入れてもだいたい十分の一くらいで、人族と大差ない割合だ。

彼らのギフトは、種族の特性なのか、『弓技』や『白魔法』の割合が多かった。

ちなみに白魔法は光や生命などに関する魔法だ。照明魔法とか浄化魔法、回復魔法なんかがこれに該当する。

そんな中にあって、フィリアさんは『弓技』と『緑魔法』の両方を持ち、セレンと同じダブルギフトだという。なお、大気や天候などに関する魔法が緑魔法だ。

一方で、ドワーフたちには、神官や祈禱師に相当する者がおらず、そのため彼らは全員がギフトを持っていなかった。

「『神託』でもギフトを授けられるのかな？」

「実際に試してみましょう」

そこでミリアが『神託』を使い、ドワーフたちを祝福することにした。

種族が違うとダメなのかな？　と思いきや、

「どうやら上手くいったようです。十人にギフトを授けることに成功しました」

その後、エルフの『祈禱』でも祝福を与えることができ、いずれも種族を問わないことが分かった。

サンプルが少ないけれど、ドワーフで多かったのは『鍛冶』や『採掘』、それに土や石に関する魔法の才能である『黄魔法』といったものだった。やっぱり種族特性があるらしい。

そんな中、珍しかったのが、

ドナ
年齢：11歳
愛村心：低
推奨労働：職人
ギフト：〈兵器職人〉

「『兵器職人』……?」

随分と物騒なギフトだ。十一歳になったばかりの少女なので、まだギフトを授けることはできていないけれど、彼女は名前をドナと言った。

そんな彼女は、ずっと地下に籠っている大人たちとは違い、よく地上に出てきては興味深そうに村の建物なんかを眺めていた。好奇心旺盛な子なのかもしれない。

中でも、僕が施設カスタマイズを使い、武具を量産していると、必ずと言っていいほど見学に来ていた。

シャイな子らしく、何も言わずにじーっと座って見ている。

作業しながら声をかけてみた。

「武器が好きなの?」

基本的に男性は厳つく、女性はふくよかなドワーフたちだけれど、子供の頃の見た目は人族とあまり変わらない。いや、むしろ幼く見える。

エルフほどじゃないけれど、寿命が長いドワーフも幼い期間が人族より長いらしい。

そのため十一歳のドナも五、六歳くらいの子供に見えて、つい小さな子供に話しかけるような口調になってしまう。

「……」

ドナは無言のまま小さく首を縦に振ったかと思うと、背中に隠していたそれを見せてきた。

「……石版？　随分と古いけど……」

年季の入った石版だ。何やら文字らしきものが書かれている。

「うーん、読めないや。古代文字かな？　ドナは読めるの？」

「……」

ドナは首を左右に振ってから、

「洞窟に……昔から、あった、やつ。たぶん、昔のドワーフ」

「昔のドワーフ？　ということは、先祖が遺した石版かな？」

「……ここ」

ドナは石版の端を指さした。

何やら絵らしきものが描かれている。人型のようだけれど、胴体に比べると頭が大きい。手が長くて足が短く、ずんぐりとした体形だ。

「何だろう？　ゴーレムかな？」

「……兵器」

「兵器？」

「ん。昔の、兵器……ドワーフが作った。ゴーレムと違う……中に、乗れる。ここ」

言われてよく見てみると、確かに頭の中心に窓のようなものがあって、そこに人の顔らしきものが描かれている。

「人が乗り込んで戦う兵器、ってことか……」

もしかしてフィリアさんが言っていたのって、これのことかな？

ドワーフが強力な兵器を開発して、それで世界を支配しようとしたって。

人が乗って操縦していたとなると、すでに失われた技術がふんだんに使われていたのだろう。

きっと現代じゃ、作るのは難しいに違いない。

「あ、だけど。形だけなら作れるかも？」

「？」

ふと思い至って、僕は石垣を作り出した。いきなり目の前に現れた石の壁に目を丸くしているドナを余所に、それにカスタマイズを施していく。

「まずは縦に長く伸ばして……」

石版にあった絵をイメージしつつ、さらに手や足、それに頭の部分を作り出した。

「すごい……」

石垣によってあっという間に生み出されたゴーレムを見上げ、ドナが感嘆の声を漏らす。

その姿は石版に描かれたイラストと瓜二つだ。

「ちゃんと動くよ。ほら」

さらに僕は施設カスタマイズを応用し、ゴーレムの手足を動かしてみせる。

バランスを取らせるのがなかなか難しいな……。

「動いた！」

「うん。でも驚くのはここからだよ」

「？」

ゴーレムを中腰にさせると、地面すれすれまで片腕を伸ばす。

「ほら、ここから上っていくことができるんだ」

「ん！」

興奮した様子のドナの手を引いて、ゴーレムの腕に設けた簡易階段を上がっていく。

そうしてゴーレムの頭のところまで辿り着くと、

「見てごらん。中に入れるんだ」

「っ！」

ゴーレムの側頭部に設けられた入り口。そこからゴーレムの頭の中に入ることができるようになっていた。

まだ今はただの穴倉だ。そこで僕は外が見えるように前方に窓を作り、さらには座れるような椅子を設ける。

「よし、このまま村の中を散歩してみよう」

「ん！」

石垣ゴーレムに乗ったまま、ゴーレムを動かしていく。ズン、ズン、ズン！

って、中にいると結構な振動がくる……っ！

それに外から見ているより、ずっと操縦が難しかった。

ゴーレムを動かすたびに、ドナの小さな身体が上下に跳ねる。

「すごい！　すごい！　動く！　動いてる！　すごい！　すごい！」

それでも彼女は大喜びで、先ほどまでの無口さが嘘のように目をキラキラさせて叫ぶ。

「お、おい、何だ、あれは!?」

「ゴーレム!?　なぜ村の中に!?」

「って、あそこ、誰か乗ってるぞ！」

ゴーレムを歩かせていると、村人たちが何事かと集まってきた。

「あ、お騒がせしてまーす」

「「「村長!?」」」

僕は手を振って応じる。

あんぐりと口を大きく開けた彼らに、古参の村人が「村長だろ。この程度の驚きは日常茶飯事だぞ」と諭す声が聞こえてきた。

僕、そこまで驚かせるようなことばかりしてるかな？

それから僕たちは村の中をゴーレムに乗って一周した。その結果、

「「おえええええっ！」」

――めちゃくちゃ気持ち悪くなった。

地上に降りた僕とドナは、そろって盛大に嘔吐してしまう。興奮であんなに赤くなっていたドナの顔は、今や真っ青だ。きっと僕も同じような顔をしているだろう。

ゴーレムの振動で、酔ってしまったのである。村をたった一周しただけで限界だ。

「これは乗り込むものじゃないね……」

「ん……」

「この石版の古代兵器は違ったのかな？」

もしかしたら、ちゃんと乗り手に優しいものだったのかもしれない。そうでなければ、これに乗って戦うことなど不可能だろう。

「きっとそう」

「だとしたら凄いね。ドワーフたち、今はあんな感じだけど……」

「いつか、作る」

ドナがやる気に満ちた目をして言う。

一年後に『兵器職人』というギフトを彼女が授かったら……いずれ本当にこの兵器を作ってしまうかもしれない。

ただ、もしそんな兵器が生み出されてしまったら。

兵器というのは戦争の道具。きっと大勢の人を殺すために使われることだろう。かつてのドワーフたちも、その強大な力で世界を支配しようとしたというし……。

「ドナは……どうしてそんな兵器を作りたいの？」

「……」

僕の質問に、ドナは少し考えてから、

「……わたしたち、弱い。だから……ずっと穴倉に籠ってた……それでも、住処を、追われた……。もし強い武器があったら……戦えた」

「っ……」

ドナの言葉に、僕はハッとさせられた。

確かに戦う力というのは、守るための力にもなる。この村だって、もし何の力もなかったのなら、今頃は盗賊団やオークの群れによって壊滅させられていただろう。

どんなに平和を望んだって、叶わないこともある。今後、この村を害そうとする勢力が現れるかもしれない。

「そうだね。やっぱり戦う力はないと。……攻めるためのものじゃなくて、この村を守るために」

「セレン。春になったし、ちょっと調べに行ってもらいたいところがあるんだ」

「どういうことかしら？」

その日、僕はセレンにあることをお願いしていた。

「実はこの村から西に行ったところに、ちょっとした岩場があるんだけれど、それが少し変なんだよね」

「変って、どういうことよ？」

「どういうわけか、その一部分だけ村から除外されてるんだ」

僕の村は、レベルアップに伴い、勝手にその面積が拡大していく。

レベル6になったときには、荒野の大部分を占めるほどになっていた。

ただ、先ほどセレンに言った場所の一部だけが、なぜか村から除外されているのである。

気づいたのは真冬で、雪の中で調査に行ってもらうのも……と思って、疑問を抱いたまま春まで待っていたのだ。

ちなみにその辺りが岩場になっていると分かったのは、物見塔の上からギリギリ目視できたからだ。

「だから直接、調査しようかなと思って」

「そういうことね。分かったわ」

「できたら僕も……」

「ダメ」

自分も行きたいと言おうとしたら、言い切る前に断られた。

「何でさ？　狩猟隊と一緒なら安全でしょ？」

「それでもダメ。この村はあなたがいるから成立しているんだから。そのあなたにもし何かあったらどうするのよ」

「過保護だなぁ……」

その岩場まで片道せいぜい十キロほどだ。あのオークの群れと戦ったことに比べたら、それを往復するくらい大したことじゃないと思うんだけど。

魔境の森を通ってエルフの里にだって行ったし。

「……少なくとも、まず私たちでそこを調べてからよ。もしかしたら危険な魔物が隠れてるかもしれないもの」

「それで安全が確認できたら僕も行っていい？」

「いいけど、安全が確認できたらよ？」

◇　◇　◇

「あれがルークの言っていた岩場ね」

セレン率いる狩猟隊は、その岩場へと向かっていた。

あれからエルフの戦士たちも加わり、さらに人数が増えた狩猟隊だが、その中から十五人ほどを選抜しての調査隊だ。

「一見、ただの岩場にしか見えないが……しかしルーク殿が言っていたのならば、きっと何かあるのだろう」

その中にはエルフの戦士長だったフィリアもいる。

『弓技』と『緑魔法』というダブルギフトである彼女は、この狩猟隊において大きな戦力となっていた。

他には『剣技』のバルラットや『盾聖技』のノエル、それに『巨人の腕力』のゴアテなど、お馴染みのメンバーたちの姿もある。よほどのことがない限り十分な戦力だろう。

やがて一行は目的の岩場へと辿り着く。荒野にはこうした岩場があちこちにあって、決して珍しいものではない。

「一応、魔物のニオイはしませんね」

そうはっきりと告げたのは、『獣の嗅覚』というギフトを持つメンバーだ。

その名の通り、獣並みの嗅覚で、魔物などの接近をいち早く察知することができ、狩猟隊に大いに貢献してきた。

「あの中央付近に見える大きな岩……あそこから嫌な気配がします」

一方で、そう警戒を示したのは、『危険感知』ギフトを持つメンバーだった。

「魔物のニオイはしないけどなぁ……」

「魔物じゃないのかしら？」

「……分かりません。ですが、何かあるのは間違いないと」

「十分注意して近づいていくべきだな」

そうして一行は、岩場の中心に聳《そび》えるひと際巨大な岩に向かって進んでいった。

巨大岩のすぐ目の前まで来たとき、彼女たちはそれを発見した。

「これは……？」

「洞窟か？」

巨大岩の足元に、ぽっかりと穴が開いていたのだ。

縦に三メートル、横に二メートルほどの大きな穴である。警戒しつつも入り口付近から中を覗いてみると、穴は緩やかな下り坂になっていて、ずっと奥まで続いているようだった。

かなり深いらしく、すべてを見通すことはできない。

「この中、危険な感じがビンビンしてます……っ！」

「ここまで来て分かりましたが、奥から微かに魔物っぽいニオイが……」

セレンとフィリアが顔を見合わせる。

どうやらそろって同じ考えに至ったようだった。

「……間違いないわね」

「ああ……これはダンジョンだ」

◇　◇　◇

「ダンジョン？」

調査から戻ってきたセレンたちから、僕は報告を受けていた。

少し覗いてみただけでも、かなり複雑そうなダンジョンだったという。もし迷ってしまったら、入り口まで戻ってくるのは至難の業。詳しく調査するにしても相応の準備が必要だと判断し、いったん引き返してきたそうだ。

「なるほど。だから村から除外されちゃっていたのかな」

僕は実家にいる頃、家庭教師から教わったダンジョンについての情報を思い出す。

ダンジョンには必ずダンジョンマスターと呼ばれる、そのダンジョンの所有者が存在しているという。

所有者がいる場所なので、そのままでは村にできなかったのだ。

「見たところ、未発見か、少なくとも長く放置されてきたダンジョンのようね。もしかしたら貴重な素材やアイテムが手に入るかもしれないわ」

「そうだね。狩りの方は人数も増えて十分に人手は足りてるみたいだし……しばらくダンジョンの調査を進めてみてもいいかも」

聞けば、洞窟型のためあまり大人数で挑むのは得策ではないらしい。せいぜい十人が限界だという。

「十人か。かなり少人数だね」

「サポートメンバーも最小限にしないとダメだわ」

「あ、それなら……」

僕はある人物のことを思い出す。

そう言えば、ダンジョン攻略に適任なギフトを持った村人がいたんだった。


「……え？　あ、あっしが、ダンジョンに……？」

自分の顔を指さしながら、目を丸くしているのは『迷宮探索』のギフトを持つカムルさんだ。

カムル
年齢：38歳
愛村心：中
推奨労働：冒険者

挙動不審気味に目を泳がせるカムルさんは、ベルリットさんたちと同じ村の出身で、最初の村人の一人だ。

なのに、人付き合いが苦手なのか、誰かと話をしているところをほとんど見かけない。

仕事のとき以外は、マンションの自室に籠っていることも多いという。そのせいか、髪はぼさぼさで髭も伸び放題にしている。

「うん。実は村からそう遠くない場所にダンジョンを発見して。これから探索をしていこうと考えてるんだけど、ぜひカムルさんにも協力してもらえないかなと」

「え？　あ、あっしがですか……？　あっしなんて、何にもできねぇですが……」

「そんなことないと思うよ。カムルさんのギフトは『迷宮探索』だから、きっと役立つはず」

「そそそ、そんなに期待されてもっ……ギフトがあっても、あっしなんかが、ちゃんと使いこなせるか分からねぇですし……」

カムルさんは自信なさそうに俯く。一応ベルリットさんから話は聞いていたけれど、やっぱり随分とネガティブな人のようだ。

「うーん、ここで話していても仕方ないので、とりあえずダンジョンに潜ってみるということで。役に立つか立たないかは、実際に行ってから確かめるのが早いし」

説得するのも面倒なので、強引に連れていくことにした。

その後、カムルさんも加えたうえで、メンバーを十人以下にまで絞り、いよいよ出発することに。

「じゃあ、出発だね」

「ちょっと待ちなさい」

「え?」

「え、じゃないわよ。何であなたまで行こうとしてるの?」

「……ダメ?」

どさくさに紛れて僕も一緒に行こうとしたら、セレンに止められてしまった。

「何でダメなのさ。僕も一度でいいからダンジョンに潜ってみたかったんだ」

「そう言って死んだ人の話、聞かせてあげようかしら?」

「そ、それはちゃんと準備をしてなかったとか、無謀にもどんどん奥まで入っていっちゃったとか、そういう人の話でしょ?」

セレンの脅しに、僕は反論する。

「熟練の冒険者でも死ぬのがダンジョンなの。それに、見つけたばかりでまだどんな危険なダンジョンかも分かっていないんだから。大人しく村で待ってなさい」

「……セレンはちょっと過保護すぎると思う」

僕だってこの春には十三歳になるのだ。セレンはすでに初陣を経験していた年齢のはず。

「わたしは戦えるギフトがあるからいいのよ。あなたは周りに守ってもらわないといけないんだから」

「そう言われると反論できない……」

結局セレンに言い負けて、僕は村に残ることになってしまった。

……なんてね。実はこんなこともあろうかと、ある秘策を考えていたのだ。

諦めるふりをしながらも、僕はそれをこっそり実行に移すのだった。

◇◇◇

セレンは再びダンジョンの入り口に辿り着いていた。

今度はメンバーもダンジョン仕様に整え、万一に備えたエルフのポーションなどのアイテム類も持ってきている。

「準備は万端ね。……カムルは大丈夫かしら？」

「だだだ、大丈夫では……ねぇです……」

緊張しているのか、震える声でセレンに応じるカムル。

本当に大丈夫じゃなさそうね……と半分呆れつつも、セレンは言う。

「心配要らないわ。ちゃんと様子を見つつ、慎重に潜ってく予定だから」

「へ、へえ……」

　ともかくそのうち慣れていくだろう。そう考えて、早速、ダンジョンへと足を踏み入れることに。

一行は最初の緩やかな坂を下っていく。

「それにしてもゴアテ殿、随分と大きな荷物を背負っているな」

「ああ。村長が念のため水や食糧も持って行った方がいいと、用意してくれたんだ」

　フィリアの指摘に『巨人の腕力』のゴアテが答える。背中に背負った鞄はパンパンに詰まってお
り、随分と重そうだ。

　彼でなければ、こんなに軽々と背負っていられないだろう。

「……ちょっと待ちなさい」

　と、そこで何らかの異変に気づいたのか、セレンがゴアテの背負う荷物を睨む。

「中から変な音がしてない？　呼吸音みたいな……」

「……ははは、そんなはずはないですよ、セレン隊長。たぶん、中身が擦れる音じゃないかと」

「そうかしら？　一応、中を確認してもいい？」

「い、いやいやいや、もうダンジョンの中だし、こんなとこで……」

「だったら引き返して外で確認しましょう」

「さ、さすがにそこまでやる必要はないと思いますよっ？」

　セレンの追及に、明らかに慌て出すゴアテ。ここまであからさまに狼狽えていると、セレンでな

くても怪しむだろう。どうやら彼は嘘を吐くのが苦手なタイプらしい。

「そうね。ま、食べ物だったらわざわざ改める必要はないわね」

「そ、その通りです」

「隙あり」

「あっ」

油断させておいてから、セレンは一気に距離を詰め、ゴアテの背負う荷物を摑んだ。

そして何を思ったか、そのまま荷物を揉み始める。


「っ!? あっ、ちょっ！ あはは……っ！ あはははははっ！」


すると中から笑い声が聞こえてきて、その場にいる誰もがぎょっとした。

「荷物から声が!?」

「な、何が入っているんだ!?」

「しかしどこかで聞いたことのある声のような……」

さらに荷物の中から叫び声が響く。

「せ、セレン！ こそばゆいってば！ あはははっ！」

「おかしいわね？ 食べ物だったら痛くも痒くもないはずだけど？」

「わ、分かったから！　もうやめてよ！　あははっ……あはははっ！」

「じゃあ大人しく出てきなさい」

セレンが手を止めると、観念したのか、中から一人の少年が這い出してきた。

「ひ、ひぃ……笑い死ぬかと思った……」

「「そ、村長!?」」

◇◇◇

セレンに見つからずにこっそりダンジョン探索についていこうと考えた僕は、荷物の中に隠れ、ゴアテさんに背負ってもらうというアイデアを思い付いた。

「そ、村長を……？」

「うん。どうしてもダンジョンに行って、試してみたいことがあるんだ」

「ですが、セレン隊長に見つかったら……」

「もちろんすべて僕の責任だから、ゴアテさんが責められないようにするよ」

そんなふうに彼を説得し、どうにか探索チームに紛れ込むことに成功。

そのままバレることなく、まんまとダンジョン内に入れたところまでは良かったんだけれど。

「……ちょっと待ちなさい。中から変な音がしてない？　呼吸音みたいな……」

（あ、やばい。もしかしてセレンに気づかれた……？）

どうやら僕が隠れている荷物に異変を覚えたらしい。それでもゴアテさんが誤魔化して、一度はどうにかなったと思いきや、

「隙あり」

突然、鞄の布地越しに僕の身体が掴まれた。

さらにセレンは、そのまま揉み始める。それがちょうど脇腹の辺りだったせいで、僕はまったく我慢できなかった。

「っ!?　あっ、ちょっ！　あはは……っ！　あはははは っ！」

セレンの容赦ない揉みしだきのせいで、荷物の中で笑い転げる僕。

「せ、セレン！　こそばゆいってば！　あははははっ！」

「おかしいわね？　食べ物だったら痛くも痒くもないはずだけど？」

「わ、分かったから！　もうやめてよ！　あははっ……あははは っ！」

「じゃあ大人しく出てきなさい」

僕は観念し、荷物の中から這い出したのだった。

「ひ、ひぃ……笑い死ぬかと思った……」

「「そ、村長!?」」

みんなが驚く中、セレンが僕を睨みつけてくる。

「言ったでしょ、危険だからダメだって？」

「あ、あは は……」

「笑って誤魔化さないの」

……こ、怖い。

まぁ見つかってしまったなら仕方がない。最低限の目的はすでに果たせたしね。

と、そのときだ。

「っ！　奥から何か来ます！」

叫んだのは、確か『危険感知』ギフトを持つマルコさんだ。

僕たちがダンジョンの奥に視線を向けると、大きな影が猛スピードでこちらに向かってくるのが見えた。

「ワオオオオオッ!!」

「ブラッドウルフよ！」

全長三メートルはあるだろう狼の魔物だ。

どうやらブラッドウルフというみたいだけど、よほど血に飢えているのか、鋭い牙が並んだ口から盛大に涎を垂らしている。その牙も僕の腕くらいあって、あんなので噛まれたら一巻の終わりだろう。

「私に任せろ」

「村長は後ろに！」

フィリアさんが素早く弓を構えながら前に出て、僕は後ろへと追いやられそうになる。

うん、これはむしろチャンスかもしれない。もし今からやることが上手くいったら、きっとセレンも考え直してくれるはず。

フィリアさんが矢を放つ前に、僕は迫りくる狼の眼前に土塀を生成する。

「ギャンッ!?」

いきなり現れた土塀に激突し、狼が悲鳴を上げた。

よし、まずはちゃんと施設を作ることができたぞ。

すかさず僕は施設カスタマイズを使い、その土塀を操作。そこに現れたのは、人の形をした身の丈五メートル級のゴーレムだ。

そのゴーレムを操作して狼を殴りつける。無論、狼も反撃してくるが、ゴーレムなので痛くも痒くもない。

さらに狼の身体に覆い被さるようにゴーレムを倒すと、胴体をがっしり両腕で拘束した。

「ガウガウガウッ!?」

必死に藻掻《もが》く狼だけれど、重量級のゴーレムの巨体を押し退けることはできない。

「な、何が起こっているのだ……？」

「フィリアさん、今のうちに仕留めてください」

「りょ、了解したっ」

フィリアさんが連続で放った矢がすべて、身動きを奪われた狼の脳天を射貫く。

狼の目から光が消えた。

「さすが。全部命中しちゃった」

「そんなことより、今のは一体、何なんだ……？」

「そうよ！　あれどう見てもあなたの土塀よね⁉」

フィリアさんとセレンが同時に詰め寄ってくる。

僕は少し得意げになりながら言った。

「このダンジョンを領地強奪のスキルを使って、村に組み込んでみたんだ。これで施設を作り放題だし、今みたいにゴーレムを作って戦わせることだってできるよ」

領地強奪。このスキルを使えば、所有者のいる領域も村の一部にすることができる。

ただ一つ大きな制約があった。

それは僕自身がその場所に行かなければ、強奪することができないということだ。

だからこそ、危険を冒してでもこっそりついてきたのである。

「しかしルーク殿、先ほどのゴーレムは何だ？」

「あれはここ最近の練習の成果だよ。この間、石垣でゴーレムを作って動かしてみたときに、これはもっと応用できるんじゃないかなと思って」

乗り込むタイプは上手くいかなかったけれど、こうして遠隔操作する形なら、今のように魔物と戦うことだって可能だということが分かった。

「どう、セレン？　これなら僕だって十分、戦力になるでしょ！」

先ほど生み出したゴーレムを近くまで持ってきて、アピールするようにポーズを取らせてみた。

ちなみに動かすだけならポイントは不要、修復するには必要だけど微々たるものだ。

「そ、それは分かったけど……」

さすがに過保護なセレンも、すぐには言い返せない様子。

「それにもうここは村の中だし。村長の僕が自由に村を探索しても何にも問題ないでしょ」

「ふむ。ルーク殿の言う通りだと私は思う。それにこの年齢の少年というのは、好奇心が旺盛なものだ。それを無理に抑えつけるような真似をしては嫌われてしまうぞ」

フィリアさんが僕の援護をしてくれる。

なんだかすごく子供扱いされてるのが気になったけど……いや、長命なフィリアさんから見たら、僕なんてまだまだ子供だろう。

「し、仕方ないわね！　一人で勝手に潜られても困るし……。その代わり、隊列の真ん中にいなさいよ！　ノエル、何があってもルークを護りなさい！」

「うん、おれ、村長を護る」

こうして僕はダンジョン探索への同行を許されたのだった。

ところでセレンたちには黙っているんだけれど、実はまだこのダンジョンのすべてを村の領内にできたわけじゃなかったりする。

というのも、

〈村長のいる地点から半径五十メートル以内に限定されます〉

という制約が、ダンジョン内においても適応されるようなのだ。

つまり実際に領地強奪ができたのは、まだほんの入り口だけに過ぎず、ここからさらに村の範囲を広げていくためには自らダンジョンを潜っていき、その都度、強奪していかなければならないのである。

それから僕たちはダンジョン探索を再開。最初の緩やかな坂を下り終わると、そこは左右に道が分かれていた。

「いきなり分かれ道ね」

「今のところ、どちらからも危険なにおいはしませんが……」

『危険感知』のマルコさんが言う。

と、そこで僕は、『迷宮探索』のカムルさんが、どことなく落ち着かない様子であることに気が付く。

「どうしたの？」

「ええと……」

声をかけると、カムルさんがおずおずと口を開いた。

「り、理由は分からねぇですが……何となく、右の方が正しい感じがして……でも、色々と難しい感じもあって……逆に、左は正しくない感じで……なのに、簡単な気が……」

「ふむ、よく分からないな」

「でも、その直感がギフトによるものだとしたら、確かめてみる価値はあるよ」

いずれにしても最初の分かれ道だし、どちらも行くことになるだろう。

「じゃあ、とりあえず右の方から行ってみようかな」

そうして右の道を進んでいると、不意にマルコさんが叫んだ。

「っ！　気を付けてください、何か嫌な予感がします！」

僕たちは一斉に身構える。『危険感知』ギフトを持つマルコさんの予感は、予感というより絶対だ。

魔物だろうか。だけど、見たところ前後にそれらしき影は見当たらない。

「そ、そこの……五メートルくらい先の地面……」

「カムルさん？」

「……ふ、踏むと、ダメな気が……」

カムルさんが指をさしている場所を見てみるけれど、見たところ普通の地面だ。

「ふむ。気を付けた方がよさそうだな」

「念のため、避けて通りましょう」

そう言って、迂回しようとするフィリアさんとセレン。

「その必要はないよ。このゴーレムで……」

僕は土塀から作り出したゴーレムを、そのまま真っ直ぐ進めてみた。

やがてカムルさんが指摘した地面に足を踏み入れた次の瞬間。ズゴォォォンッ！

突然、地面が崩れたかと思うと、空いた穴へとゴーレムが吸い込まれていってしまった。

「なるほど、落とし穴のトラップだったみたいだね」

どうやら結構な深さがあるようで、五メートル級のゴーレムですら、穴から頭が少し出る程度だ。

「凄いですね、カムルさん。見た感じじゃまったく分からなかったのに、完璧に見抜いちゃうなんて」

「い、いや……きっと、たまたまというか……」

カムルさんは恥ずかしそうに否定するけれど、ギフト『迷宮探索』の力なのは間違いない。

マルコさんの『危険感知』では、罠があっても今のように大よそのことしか分からない。

でもカムルさんのギフトなら、よりピンポイントで罠を看破することができるようだ。

その後も僕たちは順調にダンジョンを進んでいった。

と言っても、もしカムルさんがいなければ、かなり苦労しただろう。というのも、先ほどのようなトラップが随所に仕掛けられていたせいだ。

カムルさんが発見し、僕がゴーレムを使って強引に解除する。この連携のお陰で簡単に突破できたのである。

ちなみに先ほどのような落とし穴の場合、下が剣山になっていたり、毒の沼になっていたりした。ゴーレムだから助かったけれど、もし生身の人間だったらただではすまなかったはずだ。

他にも頭上からつらら状の尖った石が降ってくるトラップだったり、魔物がわらわらと湧き出してくるトラップだったりと、なかなか厄介なものがあった。

「魔境と違い、ダンジョンが恐ろしいのはこうしたトラップの存在だ。魔物との戦闘中に発動させてしまったら一溜りもないからな、先に解除できるというのは大きい」

「それにしても最初からなかなか大変なルートね。もしかして左の方がよかったんじゃないかしら？」

「っ……」

「カムルさんのせいじゃないからねっ！　僕がこっちを進もうって選んだんだし！」

セレンの言葉にビクっとするカムルさんを、慌ててフォローする。

ちょうどそんなときに、再び分かれ道にやってきてしまった。しかも今度は左右に加えて真ん中と、三つに分かれている。

「ま、真ん中……な、気がします……」

「じゃあ、ここは真ん中に進みましょう」

相変わらず自信がなさそうなカムルさんを信じて、中央の道を選ぶ。

そうしてしばらく進んだ頃だった。

「ブモオオオオッ!!」

「っ……あ、あれは……っ！」

前方から現れたのは、オークをも軽く凌駕する巨体。

鋭い角が生えた牛の頭を有し、それでいて胴体は人と変わらぬ二足歩行だ。

主にダンジョンに現れ、その凄まじい突進によって幾多の冒険者たちの命を奪ってきたという、恐ろしい怪物。

その牛頭人身の魔物の名を、僕も聞いたことがある。

「ミノタウロス……」

「「牛肉だ！」」

えっ!?

◇　◇　◇

『緊急事態発生、緊急事態発生、緊急事態発生――』

「むにゃむにゃ……」

ダンジョン最下層。鳴り響く警報の中、小さなクッションの上で眠る生き物の姿があった。

見た目こそ人間の女の子。だが、人の手のひらに乗るほどの可愛らしいサイズで、背中には透明な翅《はね》が生えている。

『緊急事態発生、緊急事態発生、緊急事態発生――侵入者により、ダンジョンが侵食を受けています。至急、対応することを推奨します』

「う、うへへ……イケメンが……いっぱい……」

何か幸せな夢でも見ているのか、まるで目を覚ます気配はない。

『緊急事態発生、緊急事態発生、緊急事態発生――』

ただ虚しく警報音だけが響き続けるのだった。

第三章　妖精

「ミノタウロス……」

「「牛肉だ！」」

僕がその魔物の名を口にする一方で、他のメンバーたちはまったく違う言葉を叫んだ。

「ミノタウロスの肉はめちゃくちゃ美味いって聞いたことがあるぞ！」

「豚肉《オーク》ばっかで正直、飽きてきたところだったんだよ！」

「今夜は焼肉パーティだな！」

どうやらみんな、ミノタウロスを食材としか見ていないらしい。

「ブ、ブモォ……ッ？」

それを感じ取ったのか、ミノタウロスが僅かに後退った。

「ブ、ブモオオオオッ!!」

それでもすぐに気を取り直して、こちらに猛スピードで突っ込んでくる。噂通りの凄まじい突進だ。

「ゴーレム！」

「ブモオオッ!!」

「うわっ！　一瞬で破壊されちゃった!?」

こちらも負けじとゴーレムを突っ込ませたけれど、激突した瞬間、ゴーレムの身体があっさりと粉砕されてしまった。どうやら土で作ったゴーレムでは、ミノタウロスの突進を止めることすらできないらしい。

「村長、任せて！」

そう言って巨大な盾を構え、前に出ていったのは『盾聖技』のギフトを持つノエルくんだ。

「ちょっ、さすがに一人じゃ――」

ズガアアアアアンッ!!

強烈な激突音が鳴り響く。

だけどノエルくんは、衝撃に押されて数メートルも後退してしまったものの吹き飛ばされることなく、それどころかミノタウロスの突進をたった一人で抑え込んでしまった。

「ブモォッ!?」

「すげぇぞ、ノエル。もはやパワーだけの俺じゃ、到底お前には敵わねぇな」

ゴアテさんがそう賞賛の言葉を投げかける中、動きが止まって無防備になったミノタウロスへ、フィリアさんが矢を、そしてセレンが魔法の氷刃を浴びせかける。

　さすがのミノタウロスもこの集中砲火には一溜りもなく、あっさりと倒れ込んで動かなくなってしまった。

「ミノタウロスの肉はめちゃくちゃ美味いって話だからな」

「そう言われると、もう涎が出てきたぜ」

「おいおい、さすがに早過ぎだろ」

　そんなやり取りをしながら、狩猟で慣れているのか、何人かが手早く血抜きをしていく。

　こうしてすぐに血抜きをしておくと、臭みを抑え、味を良くすることができるという。

　血抜きを終えたミノタウロスは、袋に入れて持ち運ぶしかない。オークよりも重量があるため、運搬するだけでなかなか大変そうだ。

　その後も僕たちは何度かミノタウロスに遭遇した。牛肉が増えてみんな大いに喜んだけれど、段々とそれが重荷になっていく。

「いつも森で狩猟するときはどうしてるの？」

「今は人数が多いから、何人かが獲物を探して、残った人たちには獲れたものから解体してもらっているのよ」

「なるほど」

　だけど、人数を絞っているここではそうはいかない。先に進もうと思ったら、収獲物を持ち運ばなくてはいけないのだ。

幾らゴアテさんが怪力と言っても、狭いダンジョン内では一人で何体分も運ぶわけにはいかないし……。

「あ、階段だ」

どうしようかと思っていたとき、僕たちは階段を発見した。

ダンジョンというのは、階層構造になっていることも多いらしい。そして次の階層に移動する方法で一般的なのが階段のようだ。

「つまりここを下りると次の階層に行けるってことかな」

「ルーク、どうする？　いったん引き返す？　さすがにこれだけの収獲物を持って、次の階層に行くのは厳しいと思うけど」

「うーん、そうだね……あ、そうだ」

そこで僕はあることを思いつく。

「だったらここに置いていったらどうかな？」

「置いていくって言っても……その辺に放っておくわけにはいかないでしょ？　他の魔物が食べに来るかもしれないし」

「大丈夫。ほら」

僕はその場に土蔵を作ってみせた。

〈土蔵：土製の保管庫。虫食いや腐敗を防ぎ、食料などの保存期間アップ〉

鮮度も維持できる優秀な保管庫である。

「ここに入れておこう」

もちろんこの場所も領地強奪で、僕の村の一部にしたからできる芸当だった。

◇　◇　◇

『緊急事態発生、緊急事態発生、緊急事態発生――侵入者により、ダンジョンが侵食を受けています。至急、対応することを推奨します』

「う～、何か、すっごい、うるさいんですケド……」

鳴り響く警報音で、手のひらサイズの少女が目を覚ます。

安眠を妨げられ、不愉快そうに顔を顰《しか》める彼女だったが、

「って、緊急事態……？　っ!?　ちょっ、アタシのダンジョンが、マジで乗っ取られ始めてるんですケドおおおおおおおおおおおっ!?」

◇　◇　◇

「……これ、家屋やマンションを作ったら、普通にダンジョンの中でも暮らせるんじゃないの？」

ダンジョンの中に出現した土蔵を前に、どこか呆れた様子で言うセレン。

「つまり貴殿一人いれば、ダンジョン内に簡単に村を作ることが可能ということだな。世界のダンジョン探索事情が一変してしまいそうな話だ」

フィリアさんが唸る。

確かにダンジョンの中に村――安全地帯を作ることができれば、探索は容易になるだろう。

実際、世界にはすでにそれに成功したダンジョンもあるというけれど、

「無論かなりの労力が必要だったはずだ。なにせ、トラップや魔物が蔓延《はびこ》るダンジョンの中に、大量の資材を運び込まなくてはならないのだからな」

「村長がいれば、その場所まで行くだけでいいってことか」

「「「さすが村長……」」」

なぜか尊敬の眼差しを向けられてしまう僕。

……ただ土蔵を作っただけなんだけど。

ともかく、そうして収獲物を土蔵に保管して身軽になった僕たちは、下層へと続く階段を下りていった。

ちなみにこの階段の向こう側は、僕らがやって来たのとは別の道があった。もしかしたら最初の分かれ道で左のルートを進んでいたら、そちらに出たのかもしれない。

「少し雰囲気が変わったわね」

「人工建造物のようだな」

　セレンとフィリアさんが言う通り、階段を下りた先に待っていたのは、これまでの岩肌が覗く洞窟ではなく、石を組み合わせて作られた地下遺跡のような場所だった。

　少し進んでみて、すぐにこの階層が先ほどのものより遥かに複雑な構造をしていることが分かった。

　幾つもの分かれ道が存在しており、どうやら迷路のようになっているらしいのだ。

「こ、こっちの方かと……」

　それでも僕たちはカムルさんの直感を信じ、ほとんど迷うことなく進んでいく。

　もちろんトラップもあれば、魔物も出現する。

　上層でも出現したミノタウロスに加え、バッドバットという吸血コウモリや、サーベルスネイクという剣のような牙を持つ蛇の魔物などもいた。

　一匹一匹は大して強くないけれど、群れを成して襲い掛かってくるバッドバットは、ミノタウロスよりも厄介だった。

　しかも空を飛んで頭上から攻撃してくるため、盾役が上手く機能しないのだ。

「くそっ！　面倒な敵だ！」

「仲間を呼んでんのか、まだまだ増えてきやがるぞ！」

「いてぇっ！　このっ、放しやがれ！」

そしていったん噛みつかれると、なかなか離れない。もし群がられでもしたら、大量に血を吸われて死にかねなかった。

「みんな、この中に避難して！」

「「っ！」」

僕は家屋・小を作り出していた。

みんなで慌てて中へと駆け込む。この人数だとギリギリ全員が入れる広さだけれど、一時的な避難場所としては十分だろう。

ガリガリと壁を噛む音が聞こえてくるけれど、ひとまずバッドバットたちの猛威から逃れることができた。

「……なるほど、こうした緊急避難にも使えるわけね」

「ひとまず助かったな。ソフィア、頼む」

「はい」

回復魔法を使えるエルフのソフィアさんが、負傷したメンバーたちを治癒していく。

「だが、これだとこちらからも攻撃できないぞ」

「そこは私に任せて」

壁に設置された窓の近くによりながら、セレンがゆっくりと魔力を練っていく。

そして窓を開けると同時、強力な氷魔法を解き放った。外にいた蝙蝠たちが、氷の刃に次々と撃ち落されていく。

　発動が終わると、セレンはすぐにまた窓を閉める。

「そうか。これなら一方的に攻撃ができそうだな」

　感心したように頷いて、フィリアさんもまた魔力を練り始めた。

　それからセレンとフィリアさんの魔法攻撃で、バッドバットの群れを一掃する。

　そうして家屋から出たときだった。

　あれ？　まだ一匹残っているっぽい？

　それが分かったのは、先ほど施設を作成できたことからも分かる通り、この場所がすでに領地強奪によって村の中になっていて、マップ機能が使えるようになったからだ。

　魔物は赤い点で示される。僕はその点の方へと視線を向けた。

　すると小さな影が、慌ててダンジョンの奥に逃げていくのがチラリと見えた。意識をマップの方に切り替えたけれど、すぐに範囲外に出てしまい、それ以上は追うことができない。

「……？」

「どうしたのよ、ルーク？」

「いや、蝙蝠がまだ残ってたのかと思ったんだけど……違ったみたい」

　地味な蝙蝠と違って、もっと華やかな色合いだった。

　蝶のようにも見えたけど……？

「アタシのダンジョン内に、なんかいきなり建物出現させてたんですケドおおおおおっ!?　何なのあいつらああああああああっ!?　ていうか、攻略速度も速すぎるんですケドおおおおおおおおっ！」

◇　◇　◇

「あれ？　行き止まり？」

「いや、扉がある。だがあれは……」

ダンジョン二階層を進んでいると、やがて長い廊下に出た。

その先には大きな両開きの扉が待ち構えている。

「もしかしてボスかしら？」

「え？　もう奥まで来ちゃったってこと？」

ダンジョンには必ず、ボスモンスターと呼ばれる魔物が存在している。通常の魔物と比べて遥かに強く、攻略を順調に進めてきた探索者たちでも一筋縄にはいかない相手だという。

ダンジョンというと、何階層もあるイメージだったんだけど……どうやら思ったより小さなダンジョンだったようだ。

少し拍子抜けしてしまう僕に、フィリアさんが言う。

「そうでもない。二階層しかなくとも、かなり複雑な構造をしていたからな。通常ならもっと探索に時間を要しただろう。カムル殿が初見ながら完璧なルートを提示してくれたからこそ、ここまで簡単に攻略できたのだ」

「そ、そんなことは、ねぇです……」

フィリアさんに賞賛されて、カムルさんが恥ずかしそうに頭を掻く。

やっぱり『迷宮探索』のギフトは有効だったみたいだ。

「それでどうする、ルーク殿？　見た限りまだ皆に余力はあるが、いきなりボスとの戦闘というのはなかなかチャレンジだぞ」

「うーん……」

少し悩む。

「でも、どんな魔物かだけは見ておこうかな？　厳しそうならすぐに逃げる感じで」

幸い僕のギフトを使えば、逃げる時間を稼ぐのはそう難しいことじゃないはずだ。

というわけで、僕たちはその扉を開けた。

扉の向こう側には今までで一番広い空間。その中心で、僕たちを待ち構えるように立っていたの

は、

「ミノタウロス二体……？」

二体のミノタウロスである。

見たところ、これまで遭遇してきた個体と区別がつかないけど。

「気を付けろ。見た目は普通のミノタウロスようだが、ボスモンスターだ。上位種だったり、特別な力を持った個体かもしれない」

フィリアさんがそう忠告を口にした直後、二体のミノタウロスが同時に動き出した。

「ブモオオオオッ!!」

雄叫びを上げてこちらに突っ込んでくる。

ノエルくんとゴアテさんが盾を手に前に出たけれど、フィリアさんが言う通り、これまで遭遇した個体と同じ強さのミノタウロスとは限らない。ノエルくんはともかく、ゴアテさんは通常個体のミノタウロスですら苦戦していて、突進を受け切れないかもしれなかった。

そこで僕は二人の前に石垣を作成する。土塀と違い、強度の高い石垣なら上位種だったとしても簡単に破壊することはできないはずだ。

ズガズガアアンッ、という強烈な激突音とともに、ミノタウロスたちが弾き飛ばされた。

……どうやら思ったほどのパワーはないようだ。

さらに石垣をカスタマイズしてゴーレムを出現させると、衝突したことで少しふらついている二体のミノタウロスたちの喉首を摑み上げる。

　そのまま地面に叩きつけてやった。

「「〜〜〜〜ッ!?」」

　ゴーレムの巨腕から解放してあげても、ミノタウロスたちは白目を剝いていて起き上がる気配がない。

「……あれ？　もしかして普通のミノタウロスと大差なかった？」

「どうやらそのようだな」

　フィリアさんが呆れた顔を僕に向けながら同意する。

「……おれ、いなくても……村長は大丈夫……」

「ノエル……それは気づいてはいけないことだ」

　ノエルくんはなぜか悲しそうな顔をしていて、ゴアテさんは彼の肩にぽんと手を置き、首を左右に振った。

「と、とにかく、これでボスを倒したってことかしら？」

「あ、あそこに……」

　セレンが戸惑い気味に言い、カムルさんが何かに気づいて部屋の奥を指さす。

　するとそこにあったのは、何やら豪華に装飾された箱だった。

　フィリアさんが言う。

「宝箱だな。恐らくダンジョン攻略の報酬だろう」

「わ、罠ではなさそうです……」

『危険感知』のマルコさんも、カムルさんも、罠ではなさそうだという。早速、開けてみることに。

「これは……」

「ただの剣……？」

宝箱に入っていたのは、ごく普通の鋼製の剣だった。

「え？　何か特別な効果でもある剣かな？」

「そんな感じはしないが……」

ダンジョン攻略の報酬にしては、随分と渋い気がする。

神話級とは言わずとも、せめて伝説級の武具くらいは入っているものだろう。

「まぁでも、業物ではありそうだし、一応貰っておこうかな？」

「いや、待て。明らかに報酬として相応しいものではない。こういうときはダンジョンマスターと交渉すべきだろう」

「交渉……？」

「知っての通り、あらゆるダンジョンには、それを管理しているマスターが存在している。この宝箱を攻略報酬として置いたのも、そのダンジョンマスターの仕業だ」

長命なエルフらしく物知りなフィリアさんが教えてくれる。

「だがダンジョンの攻略者には、その報酬を受け取らないという選択肢もある。その場合、ダンジョンマスターには、自らのいる場所へと攻略者を案内しなければならないという制約があるのだ」

どうやらダンジョンマスターには、ダンジョンを管理する上で色々な制約《ルール》が存在するらしい。

確かに好き勝手にダンジョンを作れるのであれば、誰も攻略できないような理不尽なものにだってできてしまう。

「私も詳しくは知らないが、ダンジョンというのは元々神々が作ったゲームらしい。だからゲームバランスを保つためのルールが定められている」

「じゃあ、ダンジョンマスターはどこかで僕たちを見ているってこと？」

「そのはずだ。しばらく待っていれば、きっとダンジョンマスターのところへ行く道が出現するだろう」

しかしそう言われて待ってみても、まったくそれらしきものは現れなかった。

すると再びカムルさんが何かに気づいたらしく、

「こ、これを……」

「？　何だろう？　階段？　でも通れない大きさ……」

床に穴が見つかり、そこに階段らしきものが設置されていたのだ。ただ、僕の靴がギリギリ入るかどうかといったサイズなので、当然ながら通ることができない。

「これは……どうやらここのダンジョンマスターは、是が非でも我々とは会いたくないようだな

「……」

「え？　もしかしてこれがダンジョンマスターのところに行く道……？」

「恐らくな」

「こんなのズルくない？」

「……もしかしたら、ダンジョンマスター自身はこれを通れるのかもしれない。だとすれば、ルールギリギリといったところか」

セレンが穴を覗き込みながら言った。

「中に向かって魔法を放ってやろうかしら？」

「ちょ、ちょっと待った！」

本当にやりかねなかったので慌てて止める。

「そんなことしなくても大丈夫だよ。ほら」

僕は地下道を作成する。すると先ほどの小さな階段とは違い、僕たちがちゃんと通ることができる階段が出現した。

「それじゃ、ダンジョンマスターに会いに行ってみよう」

◇◇◇

ルーク一行が絶対に下りることができない階段の前で戸惑っている頃、その少女は哄笑を上げていた。

「あっはっはっは！　めちゃくちゃ上手くいったんですケド！　これであいつらはここまで来れないハズ！　アタシってば、もしかして超天才かも!?」

ダンジョンマスターである彼女にとって、今回のことは青天の霹靂《へきれき》だった。

地理的な問題があり、これまでまったくと言っていいほど人が来なかった過疎ダンジョン。

そのためなかなかダンジョンポイントが貯まらず、ダンジョンの構築ができていなかった。

そこへ突如として現れた謎の一団。

トラップも魔物も複雑な迷路構造も、驚くほどあっさりと打ち破り、あっという間にボス部屋まで到達してしまったのだ。

しかも少ないダンジョンポイントを他に費やしたせいで、ロクなボスを用意することができなかったばかりか、攻略報酬も難易度に見合わないものとなってしまった。

このままでは報酬の受け取りを拒否し、自分のところまで来てしまうかもしれない。

そこで彼女が思い付いたのが、ルールの隙間を突いた、反則ギリギリの手段だった。

「ちゃんと通れる階段じゃないとダメってルールに反してるって？　え～？　アタシはちゃ～んと通れるんですケド！」

……自らのサイズを逆手に取ったあくどいやり口である。

だが、これでどうにか危機を凌ぐことができた。

と思ったそのときである。彼女のいる最下層の壁に突然、穴が開いた。

「……へ？」

その穴はどうやら上り階段となっているようで――

「なんか勝手に階段作られたんですケドおおおおおおおおおおおおおおおっ!?」

◇　◇　◇

階段がなければ作ればいい。領地強奪によってダンジョン内を村の一部にした今、それは容易いことだった。

セレンが呆れた顔をして言う。

「つまりこれ、階層間の移動がいつでもできたってことじゃ……」

「地下に下りる方はね。上にはたぶん無理かな？」

ただ、さすがにこれを最初から使っちゃうのはズルい気がして、使わないでおいたのだ。

でも、ダンジョンマスターが明らかに僕たちには通れない階段を出してきたんだし、それならこっちも多少はズルしてもいいだろう。

階段を下りると、小さな部屋に出た。

「あれは……」

その部屋の奥に、大きな物体が浮かんでいた。

球形の結晶で、淡い光を放っている。まるで生きているかのように脈打っていた。

「ダンジョンコアだな」

フィリアさんが答えてくれる。

「このダンジョンの核であり、ダンジョンマスターの命と言ってもよいものだ。これを破壊されるとダンジョン諸共、ダンジョンマスターは死ぬ」

と、そのときだ。

キラキラした鱗粉めいた輝きを撒き散らしながら、小さな影が僕たちの前に飛んできた。

「まだ死にたくないんですケド！　だからどうかっ、どうかダンジョンコアだけは壊さないでほしいんですケドおおおおおおおおおっ！」

それは空に浮かびながら器用に跪《ひざまず》き、涙目で頭を下げてくる。

そんな芸当ができるのも、彼女には翅が生えていたからだ。

「妖精……？」

手のひらサイズに収まるほどの、小さくて可愛らしい女の子。御伽噺なんかで聞いたことのある、あの妖精だった。

「もしかして君がダンジョンマスター？」

「そ、そうなんですケド！　アリーっていうんですケド！」

どうやらこのダンジョンを管理していたのが彼女らしい。

「あれを壊されるとアタシも死んじゃうんですケド！　だから許してほしいんですケド！」

「いや、別に壊す気はないけど……」

「本当に!?　あらヤダ、よく見たらとっても可愛い男の子なんですケド！」

先ほどまでの涙目から一変、目がハートの形になる。

なんだか忙《せわ》しない妖精だ。

「……良いのか、ルーク殿？　ダンジョンコアを破壊すれば、特別な力が手に入ると言われているが」

「特別な力っていうのは？」

「ああ。私も詳しくは知らないが、ギフトに近い類のものらしい。攻略報酬の受け取りを拒否し、代わりにコアを壊すことでそれを得る者が多いのも、それだけ大きな力を得られるからだという」

「ちょっ、余計なこと言わないでほしいんですケドおおおっ！」

フィリアさんの言葉に、妖精――アリーが血相を変えた。

「今はまだ過疎ってるから大した報酬は出せないケド、いずれもっと凄いのを出せるようになるから！　だから今日のところは許してほしいんですケド！」

再び涙目になって訴えてくる。

「どうやったらダンジョンって成長していくの？」

「ダンジョン内に人がたくさん来れば、ダンジョンポイントがたくさん入ってくるんですケド！」

「……ダンジョンポイント？」

詳しく聞いてみると、どうやらダンジョンを拡張したり、魔物を生成したり、あるいはトラップを作ったりするには、すべてダンジョンポイントを消費しないといけないらしい。

そしてそのダンジョンポイントは、通常は少しずつしか加算されていかないけれど、ダンジョン内に侵入者が増えれば増えるほど、加算量が増していくのだという。

もちろんその分、攻略される危険性も高くなってしまうため、諸刃の剣ではあるみたいだ。

「へえ。僕の村ポイントと似てるね」

「村ポイント？　聞いたことないんですケド？」

「うん。村の中に施設を作ったりすると消費されちゃうんだ」

「施設……」

アリーはしばらく首を傾げてから、何かに気づいたらしくハッとして、

「って、アタシのダンジョンを侵食して勝手に変なもん作ってたの、アンタだったんかあああああああああああいっ！」

妖精とは思えない大声で吼えた。

「あれ？　もしかしてその辺、分かっちゃうの？」

「もちろん分かるんですケド！」

「そうなんだ」

僕が領地強奪によって誰かが治めている領地を村の一部しても、相手がそれを察知することができるわけじゃない。

当然と言えば当然だ。何か目に見える変化が起こるわけでもないのだから。

だけどダンジョンは違うらしい。

「ダンジョンとアタシは一体不可分、言わば精神と肉体なんですケド！　肉体が勝手に誰かに乗っ取られていったら、気づくのは当たり前なんですケド！　ていうか、凄い恐怖だったんですケド！」

なるほど、確かにそれは怖いかもしれない。

「その部分は管理下から外れちゃうの？」

「それはないっぽいですケド。一応、アタシの命令もちゃんと受け付けるみたいですケド」

ダンジョンマスターとしての権限を失うわけじゃないってことね。

「じゃあ、そのままでいいよね」

「全然よくないんですケド!?」

「……ごめん、実はいったん領内にしちゃうと、元には戻せないみたいで」

「ちょっ、それは困るんで――別に困ることはないかも？」

「うん、君を無視して勝手に何か作ったりはしないから」

「……それなら別に構わないんですケド」

思ったより物分かりがいい妖精だ。

「その代わり、頼みがあるんですケド！」

「頼み？」

「ダンジョンを発展させるために、人を呼び集めてほしいんですケド！　ダンジョンが生まれてから、全然まったく誰も来なくて、発展しないし暇だしで毎日ほんとにツマらなかったんですケド！」

「このダンジョンの周辺、ほとんど人が寄り付かない荒野だからね」

「道理で来ないわけなんですケド！」

アリーは頭を抱えた。どうやらダンジョンの外がどんなところなのか、中からは分からないようだ。

「でも人が来たらコアを壊される危険も出てくるよね？」

「そうね。だから国や領地が管理しているダンジョンは、入場者を厳しく制限しているところが多いのよ。ダンジョンの存在が経済に与える影響は大きいから、誰かにコアを破壊されたら大打撃だもの。だから入場者とは、絶対にコアを破壊しないよう、あらかじめ契約を結んでいるのよ」

心配する僕に、セレンが教えてくれる。

「そうしてもらえるとすごく嬉しいんですケド！」

「まぁそれでも稀に契約を無視して、コアを破壊しちゃう人間がいるみたいだけど」

「そ、それは困るんですケド……」

このダンジョンが成長し、貴重な素材やアイテムが手に入るようになったら、それは村にとってもありがたい。

ただ、広く呼び集めてしまうと、中には自分本位にコアを破壊しようと考える者も現れるかもしれなかった。

せめてダンジョンがもう少し大きくなってからじゃないと。

今のままだと、僕らが一日で攻略しちゃったように、簡単にボスのところまで辿り着いてしまうだろう。

……まぁ、あのズルい階段を攻略できる者はあまりいないかもだけど。

「そうだ。僕にいいアイデアがあるよ。要はダンジョン内に人がいればいいんだよね？」

いったん村に戻った僕は、村人たちに呼びかけた。

「えー、これから村を移動させま～す！　危険なので、必ず施設内に入ってください！　そして何かに掴まるようにお願いします！」

「村を移動させる……？　どういうことだろう？」

「さあ？　だが村長のやることだ。きっとまたとんでもないことに違いない」

「俺らは信じて従えばそれでいいさ」

みんな一体これから何が始まるんだと不思議がってはいたけれど、すんなりと応じてくれた。

さて、これでもうみんな施設の中に入ったかな？　うん、マップを見る限り大丈夫そうだ。

「じゃあ、動かしますよ～っ！」

僕は配置移動を使って、村の全施設をゆっくりと移動させていく。

その方向は、ダンジョンのある方だ。

◇◇◇

ちょうどその頃。

荒野の村に向かっていた商人の一団が、呆然とその光景を見つめていた。

「み、道が……動いている……？　いや、気のせいか……？」

「生憎、俺にも動いてるように見えるんだが……たぶん、気のせいじゃねぇと思う……」

「おい、道どころじゃねぇ！　あれを見ろ！　村が……っ！　村が移動しているんだ！」

「は、はは……夢でも見てんのかな……？」

◇　◇　◇

「移動が終わりました！　ご協力ありがとうございま～す！」

よし、これで村をダンジョンの近くまで持ってくることができたぞ。

「後は、地下へ行ってと」

僕はドワーフたちが住んでいる地下道へと下りた。

「一体どうするつもりなのよ？　村ごとダンジョン近くまで移動させて」

「それにしても相変わらずとんでもないギフトだな」

呆れながら後を付いてきたセレンとフィリアさんに問われ、僕は答える。

「村のこの地下道をそのままダンジョンに繋げちゃうんだ」

「「え？」」

「よし、この辺かな」

僕は地下道の端までやってくると、そこからさらに地下道を延伸させた。

するとほんの十メートルほど進んだところで、洞窟にぶち当たった。

「ここからはダンジョンの中だね。アリーはいるかな？」

「なんか勝手に侵入ルート作られたんですケドおおおおおおおおっ!?」

「あ、来た来た」

妖精のアリーが慌てて飛んでくる。

「大丈夫。僕の村の地下道と繋げただけだから」

「それ、何の意味があるのか分からないんですケド……」

胡乱《うろん》げにしているアリーはひとまず置いておいて、僕はいったん地下道に戻って、何事かと集まってきたドワーフたちに告げる。

「皆さんにはこれから、あちらのダンジョンの方に住んでいただこうと思っています」

「だ、ダンジョン……？　もしかして、おいらたち、何かまたやっちまったとか……」

「いえ、別にそういうんじゃないです」

不安そうにしているドワーフの代表、ドランさんに、僕は事情を説明した。

「なるほど……おいらたちがダンジョンに住めば、それだけでダンジョンが発展していく、と……」

「はい。もちろん今住んでいるマンションはそのままこっちに持ってきますし、ダンジョンマスターと交渉して、ちゃんと魔物に襲われないようにもします。地下道を通れば、いつでも村と行き来できますから、今まで通りの生活ができるかと」

そう。僕が考えたいいアイデアというのは、ドワーフたちをダンジョン内に移住させるというものだった。

「確かに、元より地下の暗い空間に住むのを好む彼らなら、こちらでも苦も無く生活することが可能だな」

「だからわざわざ村をここまで移動してきたのね」

「うん、ダンジョンの方を移動させるのは無理そうだったから」

ちなみにダンジョン内にいると体力を奪われるとか、そういったデメリットは一切ない。

ただ居てくれるだけで、ダンジョンポイントが増えやすくなるのだ。

「ちょっ、ナイスなアイデアなんですケド！　百人以上が常にダンジョン内にいたら、どんどんポイントが貯まっていくんですケド！」

アリーも喜んでくれたようで、ビュンビュンと飛び回ってその気持ちを表現している。

「こんなおいらたちでもお役に立てるというなら……」

「ありがとうございます、ドランさん。じゃあ、早速、あのマンションたちをこっちに持ってきますね」

「アタシは魔物が入って来れないようにしておくんですケド！」

こうして、ドワーフたちがダンジョン内で生活することになったのだった。

ついでにダンジョンまで直通になったので、狩りにも来やすくなった。

「ねえ、アリー。できればミノタウロスが多いとありがたいんだけど」

「それくらいお安い御用なんですケド！　勝手に倒して、持ち帰ってもらえばいいんですケド！」

よし、これでいつでも簡単にミノタウロスの肉が手に入るぞ。

ちなみにダンジョンマスターであるアリーは、このダンジョン内から出ることができない。

地下道の方に行こうとしても、何か見えない壁に阻まれているかのように、先へと進めなくなってしまったのだ。

村の方に行けないことに、アリーは残念がったけれど、

「よかったら遊びに来てくれたら嬉しいんですケド！　ずっと一人で、毎日すっごい暇なんですケド！　寝ること以外にやることないんですケド！」

よっぽど退屈なんだろうな……。

「う、うん、いいよ」

「やった！　チョー嬉しいんですケド！　あと、できたらイケメン連れて来てくれたらもっと嬉しいんですケド！」

妖精なのにイケメン好きらしい。

第四章　建村一周年

春になってから、ますます村の人口が増加していった。

どうやらアルベイル領全域まで噂が広がっているらしく、北郡以外の地域からの移住者も増えてきているのだ。

〈パンパカパーン！　おめでとうございます！　村人の数が３０００人を超えましたので、村レベルが７になりました〉

〈レベルアップボーナスとして、３００００村ポイントを獲得しました〉

〈作成できる施設が追加されました〉

〈村面積が増加しました〉

〈スキル「村人鑑定Ⅱ」を習得しました〉

その結果、村人が３０００人を超えて、またレベルが上がってしまった。

「村面積がどんどん広くなっていく……」

気づいたら荒野全域どころか、北の森や東の山脈といった場所までほぼ含むようになってしまった。

便宜上、人が住んでいるこの中心部だけを「村」と呼んではいるけれど。

ちなみに村の面積は、最初に村を作った場所を中心に円形に拡大していく。レベルが上がるにつれて半径が倍になっていくので、面積としては四倍になる計算だ。

ただ、治めている人がいる場所は、領地強奪を使わない限り村の領内にはならないので、円形と言っても実際には歪な形になっていた。


飲食店（100）　宿屋（150）　診療所（200）　果樹園（250）　学校（400）

そしてこれらが新しく作れるようになった施設だ。

〈宿屋：旅人用の宿泊施設。疲労回復速度アップ〉

「これはありがたいかも」

最近この村には移住者だけでなく、商売のために一時滞在するだけの商人たちや、観光などの目的で来る人が増えてきていた。

彼らにはこれまでマンションの一室を使ってもらっていたけれど、今後はこの宿屋を利用してもらうとしよう。

〈果樹園：果樹を栽培するための農園。果樹や果実の成長速度および品質アップ〉

果物はアルベイルの領都ですら高級品だ。こんな荒野ではまず食べることができない。この村は食べ物に困ることがないため、商人たちも食品類は持ってきてくれないし。

「今度、苗木を持ってきてもらおうかな」

この果樹園で栽培すれば、今後は好きなだけ果物を食べることができるようになるだろう。

〈学校：子供たちの教育のための施設。教師の指導力、生徒の学習能力アップ〉

昔はこの国でも、貴族や裕福な商人の子女たちはある程度の年齢になると、学校に通って勉強するのが一般的だったという。

ただ、今はこんな時代だ。家庭教師から個別に勉強を教わることが多くなっていた。僕もそうだったし。

「そう言えば、推奨労働が教師の村人が何人かいたっけ。この村、特に子供たちがするような仕事もないし、学校で勉強させてもいいかもね」

少なくとも最低限の読み書きや、簡単な計算くらいはできた方がいいと思う。

「ええと、それからスキルは……村人鑑定？　いや、村人鑑定Ⅱか」

どうやらレベル2で習得した村人鑑定の上位版らしい。

ちょうど良いところにミリアがやって来たので、どこが変化したのか実際に確かめてみよう。

ミリア

年齢：21歳
愛村心：超
推奨労働：神官
ギフト：神託
力：E　耐久：E　器用：C　敏捷：D　魔力：D　運：B
身長166センチ　体重52キロ　バスト91センチ　ウエスト58センチ　ヒップ93センチ

「うわあああああっ!?」

「ルーク様？」

なんか身体の細かい情報まで見えてしまった!?

アルベイル家の元メイド。下級貴族の出で家柄がよく、また仕事もできたため将来のメイド長候補だったが、大のショタ好きのため仕事を捨て、実家を追放されたルーク＝アルベイルに同行する。
虎視眈々と彼の貞操を狙っ――

「す、ストップストップっ！」

さらに見てはいけない情報が頭の中に流れてきたので、僕は慌てて叫んだのだった。

どうやら村人鑑定Ⅱは、随分と多くの情報を得られるらしい。

ただ幾ら村長とはいえ、勝手に村人のプライベートな部分を覗き見るのはよくないと思う。

本当に必要なとき以外は使わないようにしよう。

「どうされましたか、ルーク様？」

「な、何でもないよ」

不思議そうな顔をするミリアに、僕は狼狽を隠しながら首を振る。

それにしても大のショタ好きって……いや、見なかったことにしよう、うん。

「それより何の用？」

「はい。実はお見せしたいものがありまして」

「見せたいもの……？」

「ぜひこちらへ」

そうしてミリアに連れてこられたのは、村の中心に設けた公園だ。

真ん中が広場になっていて、その周辺には子供たちが好きな滑り台やブランコなどの遊具が置かれている。

その広場の中央に、大きな布で隠された物体があった。

もしかしてあれが見せたいものだろうか？

ミリアが招集したのか、広場には村人たちが集まっていた。普段はダンジョンにいるはずのドワーフたちの姿まである。

「では、ご覧いただきましょう」

ミリアがそう言って合図すると、謎の物体の横に立っていたゴアテさんがその怪力を活かし、布を一気に取り払った。

「……え？」

現れたのは高さ三メートルを超える巨大な石像だ。

左手は腰の位置に、両脚は少し開いて何やら偉そうに胸をそらしながら、きりっとした表情で遠くの方を見つめ、右手をそちらへ伸ばしている。まるで物語に登場する英雄を象《かたど》ったような石像だけど、生憎とこんな英雄は見たことがない。

それもそのはず、なにせこの石像の顔、僕にそっくりなのだ。

「「「おおおおおおおおおっ!!」」」

「素晴らしい！　まさにルーク様そのものだ！」

「なんと凛々しいお姿か……」

村人たちは何やら大きく盛り上がっているみたいだけど、僕はまったく状況が摑めないでいる。

え、何これ？　もしかして嫌がらせ？

「この日のため、実は密かに作っていたのです。特にドワーフたちは器用な者が多く、見事にルーク様の凛々しい姿を再現してくれました」

集まったドワーフたちを見やると、一仕事やり切ったというような充実した表情を浮かべていた。

……嫌がらせで作ったようには思えない。

「でも、何でこんなものを……？」

「ルーク様、おめでとうございます！　本日はこの村が築かれ、ちょうど一年！　記念すべき建村記念日にして、ルーク様の栄光の始まりの日なのです！」

僕が困惑していると、ミリアが高らかに宣言するように教えてくれた。

「あ、そうだったっけ？　もうあれから一年か……」

「はい！　あのときはわたくしとたった二人。何もない荒野を前にして愕然とするわたくしへ、ルーク様は狼狽えることも絶望することもなく、こうおっしゃいました。『確かにここには何もない。でも、だからいいんじゃないか。だって、すべてを自分の手で作り上げることができるんだからね』」

言ってない！　僕そんなこと言ってないよ！

「「「おおおおおおおおおっ!!」」」

「さすがはルーク様！　やはり我々凡人とは端から考え方が違う！」

「ああ、まさに英雄そのもの……」

ミリアが改竄《かいざん》しまくった僕の言葉に、村人たちが大いに沸く。

……い、言えない……今さら、そんなこと言ってないなんて……。

「そんなこと言うキャラだったかしら？」という顔をしているのは、昔から僕を知っているセレンだけだ。

僕が項垂《うなだ》れていると、さらにミリアがそれに追い打ちをかけるようなことを言ってきた。

「さらに、もう一つ建村を記念し、こんなものも作らせていただきました」

「まだあるの⁉」

つい悲鳴を上げてしまう僕の目の前に置かれたのは、一冊の本だった。

「ルーク様の栄光の軌跡を記した書物です」

「……は？」

「『文才』ギフトを持つトトル様に書いていただきました。もちろんこれは第一巻で、これからさらに巻数を重ねてまいります。第一巻ではルーク様の幼少期のことも大きく取り上げており、必読の一冊となっております」

……僕、ただの村長だよね？　普通こういうのって、偉大な実績を残した人じゃないとおかしいよね？

しかもだいたいは本人が死んだ後に、弟子とか後世の人が出していくものだと思う。

「そして現在、量産に向けた準備を進めているところです。これがあれば、さらに信者を拡だゲフンゲフン……さらに多くの人に、ルーク様とこの村のことを知っていただくことができるでしょう」

今、信者って言わなかった……？

◇　◇　◇

魔境の森の奥深くに、その巨体はあった。

全長がゆうに五十メートルを超すそれは、まさしく森の王者と呼ぶべき存在だ。

何者にも害されることなく、長き年月にわたってその場にあり続けていた。

普段はほとんど動くことはない。栄養は常に地面から吸収しており、いつもまるで眠っているかのように静かにしている。

『……』

それがふと、何かを感じ取ったように巨大な身体を揺らした。

自分のテリトリーの中に、何者かが侵入してきたような、そんな不快な感覚。

にもかかわらず、周囲にそれらしき気配は見当たらない。

何千年にもわたって森の頂点に君臨してきた彼は、不快と同時に初めて危機感らしきものを覚えた。すぐに排除しなければ、自らの存在を脅かされかねない、と。

ズズズズズズズズズズ……。

目覚めた巨体がゆっくりと動き出す。

向かうのは森の南方だ。何となくだが、そちらにこの不快の原因がある気がしたのだ。

周囲の木々を薙ぎ倒し、逃げ惑う魔物や動物など意にも介さず、彼は悠然と魔境を縦断していった。

◇　◇　◇

建村記念日ということで、その後は盛大に祝賀会が行われた。

祝賀会と言っても、いつものように飲んで食べて騒ぐだけだ。もちろん酔うと性格が激変してしまうドワーフたちには、地上ではなく地下で飲み食いしてもらったけれど。

そして翌朝。多くの村人が夜遅くまで飲み過ぎてぐっすり眠っている中、僕はいつもの時間に起床していた。

お酒飲んでないし、普段通りに寝たからね。

「……読むのは怖いけど、一応確認しておかないと」

家の庭に設けたベンチに座り、僕はこっそりミリアから拝借したその本の表紙を眺めていた。

やたらと凝った装飾の本だ。ずっしりと重たく、かなりの分量があることが察せられる。

表紙に大きな文字で書かれているのは、『ルーク様伝説』。

そう、建村記念の一環として、ミリアが勝手に作っていた書物だった。

「ていうか、タイトルがめちゃくちゃダサい！　直球過ぎるし！」

こんなものが量産されて、大勢の人に読まれたら最悪だ。

でも、村人のトトルが頑張って書いてくれたって言うし、捨てるわけにもいかない。

ともかく、念のため中身をチェックしておこう。さすがに事実じゃないことを書いたりはしていないだろう。


……うん、甘かった。

事実じゃないことは書いてないどころか、事実じゃないことばっかり書かれてた……。

特に酷かったのが、僕の発言だ。

『確かにここには何もない。でも、だからいいんじゃないか。だって、すべてを自分の手で作り上げることができるんだからね』

『キングオーク！　お前の運の尽きは、僕の村を襲ったことだ！　喰らえ！　ビルディングプレスッッッ！！！』

『生まれや年齢性別、それに種族だって、ここでは一切関係ない。みんな僕の大切な村人――家族なんだから』

「何だよ、これ……ほとんど捏造じゃないか……」

明らかに言った覚えないし、僕のキャラから十割増しで気障《きざ》だった。

ていうか、技名を勝手に付けないで！

「やっぱりこれが量産されたら堪ったものじゃない。ミリアに言って、やめさせないと……」

と、そのときだ。

僕のマップ機能が、途轍もない警鐘を鳴らしてきたのは。

悪意や敵意を持った存在が村の中に入ってくると、それが赤い点として示されるのだけれど、マップを開いていなくても感覚的に察知できるのだ。

ただ、それは人だけでなく魔物にも反応するので、村の範囲が広くなり過ぎた最近は、常にどこかで鳴り響いているような状態だった。

なので基本的には無視していたのだけど、今回は到底無視なんてできないレベルの強さだ。

「もしかして、キングオーク以上……？」

戦慄を覚えながら北の方を見遣った僕は、見てしまう。

この場所からでもはっきりそれと分かるくらい、魔境の木々より遥かに大きな存在を。

「……ど、ドラゴン……？」

『そ、村長、大変です！　魔境の方から巨大な魔物が……っ！』

ちょうどそのタイミングで、サテンから念話越しに悲鳴のような声が届く。

『す、すぐにみんなに知らせて！』

『わっ、分かりました！』

幸い僕が本を読んでいる間に、村人たちはほとんど起き出していたみたいだった。

あの大きさだし、すでに気づいている人も多いと思う。

「こっちに向かってきている……っ！」

階段を駆け上がって物見塔の頂上に辿り着いたときには、魔境から悠然と這い出してくるところだった。

「蜥蜴のような流線型の巨体……間違いない……ドラゴンだ……」

「いや、あれはドラゴンではない」

「えっ？」

後ろからの声に振り向くと、フィリアさんがこちらに歩いてくる。

「ドラゴンじゃない……？　ドラゴンにしか見えないけど……」

「名称はツリードラゴン……確かにその名にはドラゴンとあるが、実際にはトレントなどの植物系の魔物の一種だ。ドラゴンに擬態している、と言えばいいだろう」

「なるほど、擬態……」

どうやら見た目こそドラゴンにそっくりだけど、その身体は完全に木でできているらしい。

確かに目を凝らしてみると、身体の表面は木肌になっていて、しかもあちこちから葉っぱらしきものが生い茂っている。

目の部分には眼球がなく、木の洞のようにただぽっかりと穴が開いているだけだ。

ただ、ドラゴンではないと分かったところで、村の危機が去ったわけではないようで、

「しかしあの巨大さ……恐らく魔境の奥地に遥か昔から存在している個体だろう。魔境のボスと言っても過言ではない。それがなぜ森からこの荒野に……」

ツリードラゴンはトレントなどと同じで、基本的にその場からほとんど動かないという。

栄養も地面から吸収しており、ドラゴンと違って、自ら獲物を探し回って喰らうといったことはしない。

ただし、テリトリー内に入ってきた存在には容赦なく攻撃するという、狂暴な側面もあるそうだ。

「か、完全にこっちに向かって来てるよね」

「マズいな……戦えない村人たちは早急に地下に避難させておくべきだろう。そして場合によっては、我々も避難することを考えなければ」

僕は物見塔の上から村中に呼びかける。

「みんな急いで地下へ入って！　下手したら魔物が村に入ってくるかも！」

そこへ少し遅れて今度はセレンがやってきた。

「ちょっと、どうするのよ、あの魔物。さすがに私たちでも荷が重いわ。ノエルが突進を受け止めようにも、身体ごと吹き飛ばされちゃうわよ」

そうこうしている間にも、ツリードラゴンは荒野の半分を走破していた。

巨体の割に意外と速い。

「僕に任せて」

僕は村を護るように巨大な石垣を出現させると、それをカスタマイズで操作。

二足歩行で屹立《きつりつ》し、ツリードラゴンにも劣らない巨大ゴーレムを作り上げてみせた。

「さあ、いけ、ゴーレム！」

迫りくる巨体を受け止めようと、ゴーレムが真正面から迎え撃つ。

だけど次の瞬間、ゴーレムの足元から木の根っこのようなものが生えてきたかと思うと、その巨体を縛り上げる。

そうして身動きが取れなくなったゴーレムの脇を、ツリードラゴンは悠々と通り抜けてしまった。

「ちょっ……そ、それなら、もう一体を！」

慌てて新たな一体を出現させようとしたとき、ツリードラゴンの眼球のない目の部分がこっちを向いて、

「オアアアアアアアアアアアアアアアッ!!」

凄まじい咆哮が轟く。

それに戦慄を覚えながら、僕は直感した。

今、僕の方を見なかった……っ!?　もしかして狙いは僕……？

その間にも、ツリードラゴンは荒野と畑を隔てる外石垣へと辿り着いていた。

そのままあっさりと石垣を粉砕して、畑へと侵入してくる。

よかった、あの辺は収穫直後なので農作物が荒らされる心配はない……って、今はそのことを喜んでいる場合じゃないよ！

「オアアアアアアアアア――――ア……？」

「……む？　どうしたのだ？」

「急に動かなくなったわね……？」

このままでは村が蹂躙されてしまう、と必死に撃退の方法を考えていると、どういうわけかツリードラゴンが畑の真ん中で立ち止まっていた。

「……こっちに来ない？」

その後も警戒して様子を見続けても、ただの大樹と化してしまったかのように、ツリードラゴンは一向にその場から動かなかった。

「どういうこと？」

◇　◇　◇

「～～～♪」

その魔物は満足していた。

まさか、森の外にこんなに素晴らしい土があったなんて。栄養が豊富で、全身に力が漲《みなぎ》ってくるようだ。それだけでなく、なんとも居心地がよい。

先程までの怒りが嘘のように消えていく。もはや何のためにここまで来たのかも、完全に忘れ去ってしまった。

しっかりと根を下ろして、気持ちよさそうに枝葉を揺らす。

「～～～～～♪」

この心地よさを知ってしまったら、もう離れることなどできないだろう。

彼はこの場所に定住することを決めたのだった。

◇◇◇

「ち、近づいても大丈夫かな？」

「気を付けた方がいいわ。罠かもしれないし」

「ツリードラゴンにそこまでの知能はないはずだが……」

なぜか畑の真ん中から動かなくなってしまったツリードラゴン。

今は普通の大樹にしか見えない。僕たちは物見塔から下りて畑までやってきたけれど、襲い掛かってくる気配もなかった。

「〜〜〜♪」

　時折さわさわと枝葉を揺らす様は、何となく心地よさそうにも見える。

「うわっ？　何っすか、この大きな木っ！　こんなとこになかったはずっすよね？」

「ネルル。ごめんね、地下に避難してたのに、わざわざ来てもらって」

　そこへおっかなびっくりやってきたのは、『動物の心』というギフトを持つネルルだ。

　普段は牛や鶏などの家畜の世話をしてもらっている。

「気にしないでほしいっす！　ええと、それでうちに何の用すっか？　ツリードラゴンはどうなったっすか？」

「それがこの木なんだけど」

「へ？　……えええええええっ!?」

　慌てて二、三歩後ろに下がるネルル。

「なぜかこの場所に来た途端、動かなくなっちゃったんだ。ネルルなら何か分かるかなと思ってさ」

「いや、うちは動物の心は分かっても、木の気持ちは分からないっすよ……」

　そう言いながらも、ツリードラゴンを観察するネルル。

　するとしばらくして、

「何となくっすけど……この畑の土が気に入ったみたいっすよ！」

「分かるんだ？」

「いえ、あくまで何となくっす！　家畜たちみたいにはっきりと伝わってくるわけじゃないっす！」

正直ダメ元だったけれど、どうやら無駄ではなかったみたいだ。

ツリードラゴンは植物というより魔物で、動物に近いからかもしれない。

「～～～～～♪」

メルルの言葉を肯定するかのように、ツリードラゴンは楽しげに枝葉を揺すっている。

いつの間にか、マップ上の赤い点が普通の黒い点になっていた。これは敵対的な存在ではなくなったことを意味している。

「ええと、別にここにいてもいいけど、人を攻撃したりしないでね？」

「～～～♪」

「分かったって言ってるみたいっす！」

随分と物分かりが良い。

と、そこへ頭上から何かが落ちてきた。

「木の実……？」

ただ、めちゃくちゃ大きい。僕の頭くらいのサイズはあるだろう。

「ツリードラゴンの木の実か。栄養価が非常に高くて滋養強壮に効き、食べ続ければ老化も防いでくれるという希少なものだ」

「これを手に入れるために大金を費やし、国の財政を傾けてしまった王様がいるほどよ」

思ったよりすごいもののようだ。

「もしかしてくれるの？」

「〰〰♪」

お近づきの印、というやつらしい。

「ありがと。ありがたく貰っておくよ」

「〰〰♪」

「また実ができたらあげるから取りに来てって言ってるっす！」

そんなこんなで、村に新たな仲間（？）が加わったのだった。

……一応、無闇に近づいたりしないよう、みんなにしっかり周知しておかないとね。


ひとまず村の危機は去って。朝食がまだだった僕は、いったん家へと戻った。

「では、すぐに作りますね」

「うん。よろしくね、ミリア」

あれ？　そう言えば僕、騒動の前に何してたんだっけ？

何かミリアに大事なことを言わなくちゃいけなかった気がするんだけど……。
……まあ、いいか。そのうち思い出すだろう。

第五章　冒険者

俺の名はアレク。これでもそこそこ名の知れた冒険者だ。

冒険者というのは、魔物の討伐や魔境の探索などを生業にしている者たちの総称である。

その立場は様々で、どこかの貴族と契約を結び、専属で依頼をこなしている者もいれば、特定の依頼者を持たないフリーの者もいる。

腕に覚えのある奴なんかは、傭兵として戦争に参加することもあった。

そうした冒険者たちを集め、支援する「冒険者ギルド」なる組織を持つ国もあるというが、生憎とこの国にはまだそんな大層なものは存在していない。

俺はというと、冒険者仲間たちと四人組のパーティを組んで王国各地を放浪しつつ、主に倒した魔物の素材を売りながら生計を立てている。

そして今、とある噂を耳にして、アルベルト領の北方へとやってきていた。

「もうすぐ噂の荒野だな」

「ねぇ、本当に確かなの、その噂？」

疑るような視線を向けてくるのは、パーティーメンバーの紅一点にして最年少のハゼナだ。杖を手にしていることからも分かる通り、希少な魔法使いでもある。

「ああ、かなり確度は高いはずだ。なにせ信頼できる商人たちから聞いた話だからな」

アルベルト領の北に存在しているという荒野。その周囲には二つの魔境があることで有名だ。

一つは北の森林地帯。

そしてもう一つは東の山脈地帯である。

魔境とは何か。諸説あるが、基本的には魔物が棲息している危険地帯のことを指し、普通の人間はまず立ち入らない場所だ。

だが俺たちのような魔物の素材集めを生業とする冒険者にとって、多数の魔物がいる魔境は、ダンジョンと並んで宝の宝庫と言っても過言ではないだろう。

ただ、魔境の多くは人里離れた場所に存在しているため、寝床の確保や補給などが難しい。

そのためなかなか長期の探索はできなかった。

「商人たちによると、そんな荒野に突如として村ができたそうだ。しかもどんどん人が集まってきているらしい」

商魂たくましい彼らの情報網にはいつも舌を巻く。実際に行ってみなければ分からないところもあるが、賭けるだけの価値はあるだろう。

やがて荒野が見えてきた。

……なるほど、この土地は確かに作物など育ちそうにないな。

草木すらあまり生えていない。ごつごつした岩山があちこちに点在しているだけだ。

さすがに少し不安になってきた。本当にこんな場所に村があるのか……？

「ね、ねぇ、あそこ、急に綺麗な道があるんだけど……」

ハゼナに言われて気づく。

確かに荒野を縦断するかのように、一本の道が真っ直ぐ延びていたのだ。

しかも荒野には相応しくない立派な道だ。

以前、王国一美しいと言われているアルピラ街道を通ったことがあるが……下手をするとそれ以上に見事な石畳である。

驚きながらもその道を進んでいくと、徐々にそれらしきものが見えてきた。

「あれが村かしら？　ちゃんと防壁があるのね」

「ああ。魔境から近いし、さすがにそれくらいはないと危険なんだろう」

しかし近づいていくにつれて、俺たちはその異常さに気づき始める。

「ちょ、ちょっと待て……あの防壁……大き過ぎないか？」

さっきは遠くからだったため小さく見えていたが、今やちょっとした街を取り囲む防壁ほどの大きさはある。

しかも恐ろしいことに、これでもまだ距離があるのだ。

「……村、のはずよね？」

「……そのはずだが」


二つの城門を潜った先には、大きな建物が幾つも軒を連ねる不思議な街が広がっていた。

食べ物や物品などを販売するお店もあって、ちょっとした宿場町を超える賑わいである。

「本当にここ、荒野だったの……？」

「とてもそうは思えねぇな……」

いずれにしても、商人たちの話は本当だったようだ。

これなら魔境の拠点として十分過ぎる。寝床となる宿も確保できそうだし、手に入れた素材をこの村で販売することもできるだろう。

「村長のところに挨拶に行った方がいいのかしら？」

〝村〟と呼ばれるような規模の場所だと、挨拶に行かなければトラブルになり得るため、必ず最初に足を運ぶ。

だがそれなりの街になれば、その必要はないし、会いに行っても追い返されることもしばしばだ。

「村だというし、念のために行っておいた方がいいだろう。しかし噂じゃ、この村を築いたのはあのアルベイル侯爵のご子息らしいぜ」

「『剣聖技』のギフト持ちで、戦闘卿とか戦争卿なんて呼ばれている、あの……？」

もしかしたらこんな荒野に村を作ったのは、自ら魔境の探索を行うためだったりしてな。

父親と同じ戦闘バカってわけか。

「魔物狩りを好むタイプだとすれば、さぞかし野性味溢れる見た目をしていることだろうな」

そんなことを話していると、一人の少年がニコニコしながらこちらに近づいてきた。

虫も殺せなさそうな顔をした、十二、三かそこらの少年だ。

俺たちに何の用だろうか？

「ようこそ、冒険者の皆さん。僕が村長のルーク＝アルベイルです」

……え？

◇　◇　◇

その日、村に四人組の冒険者がやってきた。

冒険者が来るのは初めてのことだ。恐らくこの村の噂を聞き付け、ここを拠点にして魔境の探索を行うつもりだろう。

ただ個人的には、ぜひ魔境よりも彼らに挑戦してもらいたいところがあった。

「ねぇ、アリー、あれからダンジョンの構築は上手くいった？」

「お陰様でばっちりなんですケド！」

ダンジョンマスターの妖精アリーが、胸を張って断言する。

ちなみに僕の家からは、直通の地下通路でダンジョン最下層の彼女のところまで行けるようにしてある。

「五階層まで増やして、難易度も段々上がっていくように調整したんですケド！　ボスモンスターも強力なのを配置できたんですケド！」

元々はたったの二階層しかなかったからね。

それに一階層からやたらと罠や魔物が多かったりしたのも、ちゃんと修正してくれたようだ。

「うん、その方が長く潜ってもらえるからね」

ダンジョンというのは、ダンジョン内に人がいるほど、ポイントが入ってくる仕組みになっているらしい。

そのため最初の階層から難易度が高いと、すぐに撤退されてしまい、ポイントが入りにくくなってしまうのだ。

「それじゃあ、そろそろダンジョンに人を呼び込んじゃってもいいかな？　ちょうど村に冒険者も来たみたいだし」

「大丈夫なんですケド！」

「じゃあ彼らがよかったら、ぜひ挑戦してもらうね」

そうしてアリーの了承を得た僕は、すぐに冒険者たちのところへ。そろそろ広い畑を縦断して、村の門まで辿り着いている頃だろう。

「あの人たちかな？」

兵士と違って冒険者は身軽な装備の場合が多く、一見すると旅人風だ。

でも、サテンを通じて聞いた特徴と一致しているので、間違いないだろう。男性三人女性一人の四人組は彼らしかいないし。

「村だというし、念のために行っておいた方がいいだろう。しかし噂じゃ、この村を築いたのはあのアルベイル侯爵のご子息らしいぜ」

「『剣聖技』のギフト持ちで、戦闘卿とか戦争卿なんて呼ばれている、あの……？」

「魔物狩りを好むタイプだとすれば、さぞかし野性味溢れる見た目をしていることだろうな」

……そんな話がちらりと聞こえてくる。

うん、聞こえなかったことにしよう。

「ようこそ、冒険者の皆さん。僕が村長のルーク＝アルベイルです」

◇◇◇

「ようこそ、冒険者の皆さん。僕が村長のルーク＝アルベイルです」

可愛らしい少年にそう声をかけられ、俺たちはしばし固まってしまう。

え？　この少年が村長？　アルベイル侯爵の息子？

予想していたのとまるで違う。

こんな子供だというのも驚きだが、あの戦闘卿の子供とは思えない柔らかな印象だ。

俺たちの来訪を知って、向こうからわざわざ出向いてくれた……なんてことはあり得ないだろうから、たまたま近くにいたのだろう。

それにしても、なぜ俺たちが冒険者だと分かったのか？

一応、最初の門を通るときに身分などを確認され、そこで冒険者だと告げてはいるが、それを報告する時間などなかったはずだが……。

不思議に思いつつも、俺たちは慌ててその場に跪こうとする。

貴族の前でこうしなければならないというのは、俺のような粗野な冒険者でも常識だ。

たとえ相手が子供でも関係ない。下手をすれば、厳しい処罰を受ける可能性もあった。

だが少年は手でそれを制して、

「あ、そんな堅苦しい挨拶は要らないですよ。それより、やっぱり魔境が目当てでこの村に？」

どうやら余計な気遣いは要らないようだ。

マナーなどに疎い俺たちには嬉しい話だ。それに話が早くて助かる。

しかし見た目だけでなく、この少年からは貴族らしい高慢さがまったく感じられない。

俺は第一印象の段階で、すでにこの少年に好感を抱いた。

「ああ。しばらくこの村を拠点にして、魔境の探索ができればと……」

「そうなんですね。それなら最近この村にも宿ができたので、そちらをぜひ利用してみてください」

この規模の街――村で、最近まで宿がなかったのが逆に不思議だな。

商人たちはどこに寝泊まりしていたのだろうか？

「それと、実は一つ提案がありまして」

「……提案？」

そして少年は驚くべきことを口にしたのだった。

「ダンジョンを探索してみませんか？」

◇　◇　◇

村にやってきた四人組の冒険者たち。リーダーで戦士のアレクさんに、魔法使いのハゼナさん、狩人のディルさん、そして僧侶のガイさんだ。

僕がダンジョンのことを伝えると、彼らは凄く驚いた。

「ダンジョン!?　この村の近くにはダンジョンもあるのか!?」

「はい。つい最近、発見しまして」

「魔境にダンジョン……もはや冒険者にとっての聖地じゃねぇか……」

さらに僕は、すでにダンジョンマスターと話をつけており、コアを破壊しないという契約をした上での探索が条件だと話す。

「同意していただかなければ、入場を許可することはできないです」

「いや、もちろん同意する。俺たち冒険者からしてみたら、わざわざダンジョンを破壊するなんざ、自分の首を絞めることと同義だからな」

というわけで、僕は彼らをダンジョンの入り口へと案内することにした。

「え？　村の中にダンジョンが……？」

「そうです。その方が管理しやすいかと思いまして」

「（……？　つい最近発見したと言っていたが……まるでダンジョンを村の中に移動させたかのような物言いだな……？　いや、そんなことはあり得ねぇが……）」

そうして彼らを連れてきたのは、村の南西の一画。

「この建物の中、というか、内側です」

「これは……？」

ダンジョンの入り口は今、四棟の宿屋によって取り囲まれていた。もちろんギフトで作ったものだ。

「ここは皆さんのような冒険者専用の宿です」

「冒険者専用の宿……？」

魔物の返り血を浴びたりして帰ってくるような冒険者を、普通の宿に泊めると衛生面で問題があるからね。

素材を解体するようなスペースやシャワールーム、それに診療所なんかも設けてある。ダンジョンから戻ると、すぐ利用できるというわけだ。

ダンジョン攻略を推奨する目的で、この宿は村が管理していて、冒険者は無料で宿泊することができる。

「マジか……」

「これにタダで泊っていいの？」

もちろん普通の宿も作った。そちらは民間の宿で、村人に経営してもらうつもりだ。

この村では今までずっと村がすべてを管理し、村人たちに提供してきた。

ただ、いつまでもそうし続けるわけにはいかない。村の規模を考えると、いずれ限界がきてしまうだろうし。

そこで可能なものから、村人たちに任せていくことにしたのだ。

商人との取引が増え、村にお金も入ってきたし、今後は村内のことであってもお金でやり取りができればと思っている。

「ちなみに村に飲食店もできたので、ぜひ利用してみてください。オーク肉やミノタウロス肉を使った料理が絶品ですよ」

「「オーク肉にミノタウロス肉!?」」

「はい。オーク肉は北の森でよく獲れるんですよ。ミノタウロスはこのダンジョンですね。もし収獲できたら買い取りますよ」

素材の買取りなどを行う専門の窓口も作る予定だ。

ダンジョンの状態が整ったので、商人たちに情報を流して、より多くの冒険者にこの村に来てもらいたいと思っている。

アレクさんがごくりと喉を鳴らす。

「オーク肉、美味いんだよな……高くてほとんど食ったことねぇけど……もう少し稼げるようになったらぜひまた食ってみてぇな……ミノタウロス肉に至っては食べたことすらねぇ」

どちらも本来は高級肉だからね。

「この村だとお手頃な価格で食べれますよ」

「そ、それは本当か!?」

そんなことを話しながら宿の中を軽く案内した後、四棟の宿に囲まれた中庭へとやってきた。

「ここがダンジョンの入り口です」

そこにあったのはあの巨大岩で、その足元にぽっかりと穴が開いている。

「こんなところに……」

「ていうか、中から魔物が出てきたりしないの？」

「心配ないです。ダンジョンマスターがそうならない設定にしてくれてますので」

　そのダンジョンマスター自身も外に出れないけれど。

「このダンジョンは階層構造になってまして、下層に行くほど魔物が強くなり、トラップも危険になります。ですので、まずは上の階層で慣れていただくのがいいかと思います」

「なるほど」

「それから、各階層間を繋ぐ階段の近くには、魔物が近づいて来ない安全地帯が設けられています。そこには小さいですが寝泊まりできる建物もありますし、ダンジョン内で休息を取りたいときなどに利用してください」

「なんだか至れり尽くせりだな……」

「それとですね」

「ま、まだ何かあるのか……？」

　アレクさんたちはすでにお腹いっぱいという顔をしていた。

「皆さん、ギフトは持っておられないですよね」

「え？　あ、ああ。もちろんそうだ。冒険者でも、祝福なんて受けられるのは運よくお宝を発見した奴とか、ごくごく一部だからな。しかも祝福を受けたところで、高確率でギフトを授かることなんてできねぇ。そんな分の悪い賭けに大金を費やすなんざ、お貴族様だからできるこ――」

僕が貴族だということを思い出したのか、アレクさんは慌てて口を噤《つぐ》む。

「気にしないでください。今の僕はただの村長ですし」

それにしても祝福に多額の献金が必要なの、どう考えてもボッタクリだよね。

なにせ『神託』のギフト持ちさえいれば、一分もかからずに祝福を授けることができるんだから。

「うちの教会なら金貨一枚で受けれますよ」

「はい?」

「『神託』のギフトを持っている神官がいますので」

「そ、それは本当か!? てか、金貨一枚……っ?」

さすがにタダというのもどうかと思って、金貨一枚は献金してもらうことにした。

あ、もちろん村の定住者は無料だけど。

「いやいや、祝福献金は、白金貨が何枚も必要で、庶民じゃ一生かかっても稼げねぇ金額だって聞いてるぞ!?」

白金貨は一枚で金貨百枚に相当し、僕も見たことがあるのは数回程度。

僕が祝福を受けるときには、恐らく父上が支払ったんだと思うけど……その結果が……うん、考えたくないね。

「その代わり、このことはあまり公言しないでくださいね?」

「あ、ああ……」


非公式な教会だと理解したのか、アレクさんは引き攣った顔で頷いた。

もちろん誰かれ構わず、祝福を受けさせてあげるわけじゃない。危ない人がギフトを持ってしまっては問題だからね。

実はアレクさんたちに内緒で、こっそり村人鑑定を使っていたのだ。

勝手に村人にもしちゃっている。特に害があるわけじゃないし、この村を出てしばらく経ったら自動で外れてしまうようなので大丈夫だろう。

使ったのは村人鑑定Ⅱの方だ。

あれから試行錯誤した結果、必要な情報だけを選択して見ることができるようになっていた。

アレク
年齢：38歳
愛村心：低
推奨労働：戦士
ギフト：（大剣技）
スキル：大剣技LV2
犯罪傾向：なし

ハゼナ
年齢：18歳
愛村心：低
推奨労働：魔法使い
ギフト：（火魔法）
スキル：火魔法LV2
犯罪傾向：なし

ディル
年齢：31歳
愛村心：低
推奨労働：斥候
ギフト：（索敵）
スキル：索敵LV3　隠密LV1　短剣技LV1
犯罪傾向：なし

ガイ
年齢：27歳
愛村心：低
推奨労働：僧兵
ギフト：（光魔法）
スキル：光魔法LV2　棍技LV1
犯罪傾向：なし

特筆すべきは、四人全員が潜在ギフトを持っていることだ。

そして偶然なのか必然なのか、現在の職業と潜在ギフトがかなり一致している。たとえギフトを授かっていなくとも、ある程度は生き方に影響を与えてくるのかもしれない。

スキルというのは、ギフトとは違い、当人が努力によって獲得した能力のことだろう。

……村スキルは例外だけど。

これもギフトと関連したものが多い印象だ。潜在ギフトと同種のスキルは、未祝福であっても伸びやすいのかもしれないね。

「しかしまぁ、ただの平民の俺たちがギフトを授かる可能性は低いだろうけどよ」

「あたしはきっと授かるわ！」

「おいおい、ハゼナ、そりゃ一体どこからくる自信だよ？」

「何となくよ！　何となくあたしは選ばれた存在な気がするの！」

「はっ、だったらいいがな」

少し冷めた反応のアレクさんに対して、ハゼナさんは鼻息を荒くしている。

「あはは、大丈夫ですよ。皆さん、どうやら選ばれた存在らしいですから」

「……え？　何でそんなことが分かるんだ……？」

「ええと……何となくです」

そうして僕は彼らを教会へと連れていくのだった。

◇　◇　◇

アルベイル侯爵のご子息であるルーク村長は、予想とはまったく違う人物だった。

貴族特有の傲慢さはまったく感じられない。それどころか俺たちが粗野な言葉を使っても、まるで気にする様子がなかった。

この戦乱の時代には似つかわしくない、穏やかで優しそうな少年なのである。一体どうやったらこんな風に育つのだろうか。

そしてうちの最年少娘のハゼナなんかより、よっぽどしっかりしている。まぁその辺は貴族として英才教育のお陰かもしれないが。

「ダンジョン!?　この村の近くにはダンジョンもあるのか!?」

「はい。つい最近、発見しまして」

「魔境にダンジョン……もはや冒険者にとっての聖地じゃねぇか……」

そのルーク村長から聞いたのは、ダンジョンの存在だ。

魔境を目当てにやってきたのだが、それ以上の掘り出し物を見つけてしまったようだ。

しかもどうやら村の中にあるらしい。

そんなわけで村長に案内されて村の中を進んでいると、驚くべき光景と遭遇した。

「おいおい、あれはエルフじゃねぇか?」

「はい、エルフの皆さんもこの村の一員なんです」

「マジか……今はもう人間との交流を完全に絶って、秘境に隠れ住んでるって話だってのに……」

そのエルフが人間と談笑していたのだ。あまりにごく自然に溶け込んでいたので、最初は「何かやたら美人がいるな」と思ったくらいで、まったく気づかなかったほどである。

「ドワーフもいますよ。基本、地下にいるのであまり出てこないですが」

「ドワーフもだと!?」

いや、それより地下にいるってどういうことだ……?

この村には地下も存在しているのか?

そして村も住民も異常なほど清潔だった。

俺は冒険者として色んな街を回ってきたが、ここまで綺麗なところは見たことがない。

大抵は糞尿やゴミが道端に落ちてるもんだからな。

何でもこの村には各家庭に風呂と便所があるらしく、さらに公衆浴場なる施設も建てられているのだとか。

そもそも家を持たない人間がいない街が珍しいのだが、なんとこの村に浮浪者は一人もいないらしい。

「移住者ばかりの村ですが、住む場所を必ず提供していますので」

そんなに簡単に提供できるものではないはずなのだが……。

そうして連れていかれた場所にあったのは、謎の建物だ。

「ここは皆さんのような冒険者専用の宿です」

「冒険者専用の宿……？」

かなりの大きさだ。一体どれくらいの人数が宿泊できるのか、個人がやっている小さな宿ばかり利用している俺たちには、想像すらできない。

しかも各部屋には風呂と便所が完備されているという。

「す、凄いじゃない！　むしろここに住みたいくらいなんだけど！」

ハゼナが目を輝かせた。

魔境やダンジョンに近い宿というのは、基本的にあまり設備が良くない場合が多い。

魔物に襲われ、破壊されることがあるからな。

ちゃんとした宿が近くにあるのは、よっぽど領主によってしっかりと管理されているダンジョンくらいだろう。そして現在、この国でそういったダンジョンは非常に希少だ。

しかも村長が言うには、冒険者なら宿泊料を取らないらしい。

おいおい、そんなんで本当にやってけんのかよ……。

ダンジョンの入り口は宿と目と鼻の先だった。というか、ダンジョンの周囲を宿が取り囲んでいるような状態だ。

これではいつ中から魔物が出てきて、村を襲うか分からないぞ。

そう思ったが、村長が言うには問題ないらしい。

「さっきから驚かされてばかりだな……」

だが最大の驚きがもたらされたのは、ここからだった。

なんとこの村では、たったの金貨一枚で祝福が受けられるというのだ。

半信半疑で教会らしき建物へと連れてこられた俺たちの前に現れたのは、ミリアと名乗るやたらと美人な姉ちゃんだった。

「神官のミリアと申します」

……この美人が神官？

いや、それより……何でメイド服なんだ？

第六章　バズラータ

私の名はダント。

アルベイル領の北郡を任された代官だ。

これまでずっと忠実に仕事をこなしてきた私だが、実は最近、重大な背反行為をしている。

北の荒野にできた村の存在を、ラウル様に隠しているのだ。

荒野には村などないと、すでに調査報告を出してしまっている。

もし虚偽報告をしていたことがバレたら、物理的に首が飛びかねない行為である。

しかし私は後悔していない。

それはあの方――ルーク様を信じているからである。

ルーク様は将来きっと大物になられる。それも、御父上であるアルベイル侯爵以上の。

下手をすればこの国そのものを変えてしまわれるかもしれない。

それを思えば、私が負うリスクなど小さなものだ。

「しかしダント様。さすがにもう長くは隠し切れないかと。村の噂は北郡に留まらず、領地中に広がってしまっています。近いうちにラウル様が直接、村の調査に乗り出してもおかしくありません」

「分かっている。だからこそ、今こうして村に向かっているのだ」

バザラの言葉に、私は頷く。

そう、私は今、再び荒野の村を訪れるべく、バザラをはじめとする護衛隊を連れて、馬車を走らせているところだった。

ルーク様のお陰で北郡の食料事情は大いに改善した。

その感謝を伝えるとともに、ある重大な報告をするためだ。

「あれから半年か……。あの村がどれだけ大きくなっているか……楽しみのような、怖いような不思議な気持ちだな」

「とはいえ、雪深い冬を挟んでいますから、さすがにそれほど変わってはいないかと」

バザラはそう言うが、私の予感は真逆だ。

……何となく覚悟が必要な気がしている。

やがて荒野が近づいてきた頃、我々はその異変に気が付いた。

「……先ほどからちらほらと人を見かけるが」

「た、確かにそうですね。この先にはあの村くらいしかないというのに……」

「つまり彼らは皆、あの村に向かっているのだろう」

「さ、さすがに多過ぎないでしょうか？」

春になって移住者が増加しているのかもしれない。

道行く者たちの中には、商人らしき集団も少なくなかった。

あそこに見えるのは冒険者だろうか？

荒野が見えてきた。あのときルーク様が一瞬で作ってみせた美しい街道が延び、その先に小さく村の城壁が見えている。

「……村の位置だが……ほんの少し、西に移動しているような気がしないか？」

それに合わせて心なしか街道の角度もズレているような……。

「まさか。村が動いたとでも？」

「それもそうか。どうやら気のせいだったようだ」


そうして我々は荒野の村へと辿り着く。

……予想していた通り、以前から大きく発展した村がそこにはあった。

前回はなかったはずの沢山の商店が軒を連ね、大勢の人々で賑わっていたのだ。

北郡最大の都市リーゼンが人口一万人に迫る街だが、それに勝るとも劣らない人の数だ。

半年前はまだ千人かそこらだったはず。

そこから数倍、下手をすれば十倍近く増えているようだ。

本来ならそこまで急激に人が増えたら、とてもではないが住む場所や宿泊施設が足りなくなるものだ。

しかしルーク様のギフトの力だろう、街に浮浪者らしき者たちの姿は一切ない。

それを証明するように、以前の数倍もの高層住居がずらりと並んでいる。

もはや同じ村とは思えない。……というか、そもそも村とは思えない。

「ほ、本当にこれがあの村ですかっ!?　たった半年ですよ!?　それも冬を挟んで！」

私は覚悟していたからよかったが、バザラは村の変化に驚きっぱなしだ。

さらに彼はあるものを発見して目を剝いた。

「こ、この剣は……っ!?　いや、剣だけではない！　この兜も防具も……信じられないほどの高品質だ！」

たまたま近くを通りかかった武器屋に陳列されていた武具だ。

「そんなに凄いのか？」

「王都にだって滅多に出回らないレベルですよ！　それこそ、貴族が大金をかけてオーダーメイドするような……。それがこんなところに……それも量産品のような扱いで陳列されているなんて！」

バザラの声が聞こえたのか、店主がやってきた。

「ははは、それはおっしゃる通り量産品ですよ。値段も相応のものになっています」

「量産品だと!?　これで!?」

「この村には凄腕の鍛冶師がいますんでね」

凄腕の……もしかして、ギフト持ちだろうか？　この村ならあり得る話だ。

さらに値段を聞いて、バザラはひっくり返りそうになっている。今にも財布を取り出し、購入しそうな勢いだ。

と、そこへ小柄な割にやたらと横幅が広い、髭もじゃの男がやってきた。

「ああ、どうもドランさん。納品ですか？　いつもありがとうございます」

「なっ……ドワーフ!?」

「ええ、ドワーフです。この店の武具は彼らに作ってもらっているんですよ」

「この村にはドワーフがいるのか……？」

「エルフもいますよ？」

「エルフまで!?」

どうやら現在、エルフとドワーフが村に定住しているらしい。

一体何がどうなってこの半年の間に、異種族がこの村に暮らすことになったのか分からないが、本当なら前代未聞である。

そもそもエルフとドワーフは仲が悪いはずなのだが……。

「ちなみに道具屋にいけば、エルフのポーションを購入できますよ」

「ポーション!?　この村ではポーションが売っているのか!?」

とんでもない話の連続に、私も頭がくらくらしてきてしまう。

さらに行くと、肉が焼ける非常に美味しそうな匂いが漂ってきた。あまり寄り道をしてはいけないと思いつつも、つい近づいてしまう。

「ミノタウロス肉の串焼きだよ～っ！」

「ミノタウロス!?」

店主の言葉に私は耳を疑う。何故ならミノタウロスというのは、一部のダンジョンにしか棲息していないとされる、牛頭人身の魔物だからだ。

「もちろん村のダンジョン産さ！　毎日のように入ってくるからね！　他じゃこんな値段じゃ食べられないよ！」

「ダンジョン!?　この村にはダンジョンがあるのか!?」

「何だ、まだ知らないのかい。この村の村長様がダンジョンマスターと仲良くなって、幾らでもミノタウロスが獲れるようにしてくれたのさ」

ダンジョンマスターと仲良く……。

私の知る限り、ダンジョンマスターと友好関係を築けるなんて、レア中のレアケースだ。


ゴオオオオオオッ!!

そのとき凄まじい音が響き渡った。

一体何事かと思って視線をやると、一瞬、天高く舞い上がる炎柱が見えた。

炎が上がったのは、楕円形の巨大な建物。これも以前はなかったはずのものだ。

「あ、あの建物は……？」

私は思わず店主の親父に訊ねる。

「あれかい？　あれは訓練場さ。この村の戦士や衛兵、それから冒険者たちが訓練に使っているんだ。今のは恐らく火魔法だねぇ。ハゼナっていう、魔法使いの女の子が使ったものだと思うよ。彼女、うちの串焼きが好きで、よく買いにきてくれるお得意さんでね」

あのレベルの魔法を使えるとなると、相当な凄腕だろう。

どうやらこの村には、一流の冒険者たちが集まってきているらしい。

「は、はは……。どうやらルーク様は、私の予想を遥かに超えていかれているようだ……」

◇◇◇

アレクさんたちを皮切りに、あれから冒険者も沢山この村にやってくるようになった。

もちろん彼らの最大の目当てはダンジョンだ。

しかも宿から直接アクセスできるとあって、非常にありがたがられている。

……お陰で魔境の方はまったく見向きもされなくなっちゃったけど。

まぁオーク肉は以前のように狩猟班が獲ってきてくれるからいいんだけどね。

「ダンジョンポイントがどんどん入ってきて超マジウハウハなんですケド！」

ダンジョンマスターのアリーも喜んでくれている。

今では十階層にまで拡大させることができたという。

冒険者たちには、ちゃんと村人鑑定Ⅱで見極めてから、祝福を与えている。

アレクさんたちのように全員がギフトを得る、とはさすがにいかなかったけれど、比較的高い確率で冒険に役立つギフトを授かっていた。

さらにこの村で販売されている武器や防具についても、大いに喜ばれている。

なにせ『鍛冶』のギフトを持つドワーフたちに作ってもらっているのだから、その性能は量産品であってもピカ一だ。

その上、安い。素材をアリーから貰ってるからね。

ダンジョン産の素材は、強力な武具を作るのにとても役立つのだ。……お陰で、もう僕が施設カスタマイズで武器を作る必要がなくなっちゃったけど。

ちなみに鍛冶をしているのはギフトで作った工房だ。

〈工房：美術や工芸、鍛冶、服飾などに使える仕事場。アイデア力、器用さアップ〉

ドワーフたちからはここで鍛冶や細工をするようになって「以前より作業が早くなった」「手先

が思い通りに動かせる」「やたらアイデアが降ってくる」と喜ばれている。

　増えているのは冒険者だけじゃない。移住者も変わらず増え続けていた。

　つい先日、村人が三千人を超えたばかりだと思っていたのに、すでにその倍以上、六千人を超えてしまっている。

　こうなるともう、ちょっとした規模の都市だ。当然、その存在は広く知れ渡ることになり、また移住者が増えるという好（？）循環。

　そんな折、半年ぶりに北郡の代官であるダントさんが村にやってきた。

　護衛のバザラさんも一緒だ。

　あれ？　バザラさんが腰に提げている剣、この村で売ってるもののような……？

「ルーク様、お久しぶりです」

「あ、どうもお久しぶりです、ダントさん」

「この短期間で物凄く発展されましたね。さすがはルーク様です。先ほどから驚かされてばかりですよ」

　ダントさんはやたら興奮した様子で、ここに来るまでに見てきた村の変化を色々と語ってくれた。

　商業の発展やエルフやドワーフの移住、それにダンジョンの存在など、どうやら大よそのことはすでに知っているみたいだった。

「それになによりこの村の武器です！　これほどの性能のものが、あんなに安く手に入るなんて！

ついダント様からお金を借りて衝動買いしてしまったほどですよ！」

バザラさんがダントさん以上に興奮しながら言う。

あ、やっぱりその剣、この村で買ったものだったのね。

幾ら安いと言っても、さすがに手持ちのお金だけでは足りなかったのかな。ダントさんが苦笑している。

「それでルーク様、実は重大なご報告がありまして……」

一転して神妙な顔つきになるダントさん。そうして驚きの事実を告げたのだった。

「アルベイルがシュネガーに勝利いたしました」

えっ？　……早くない？

「ついこの間、戦いが始まったばかりじゃないですか？」

「ええ。僅か一か月ほどの短期決着でした。アルベイル軍はシュネガーの名立たる都市を次々と陥落させ、あっという間に本拠地の領都へ。そこで最大の戦いが起こりましたが、それもアルベイル側が圧倒。城が陥落する間際に、シュネガー家は全面降伏したようです」

一か月。この規模の戦いとしては異例の早さだろう。

そしてシュネガー家を取り込んだアルベイル家は、名実ともに王国一の力を持ったということになる。

「弟君のラウル様も、初陣ながら大いに活躍されたそうです。その功績により、今後は元アルベイル領を一任されることになるようです」

父上はまだ不安定な元シュネガー領の統治に専念するという。元からアルベイル領だった地域なら、まだ若いラウルでも十分に統治できると判断したのだろう。

「恐らく近いうちにこの村のこともラウル様に知られてしまうはずです。そうなってしまったときのために今から対策を練っておくべきであると、差し出がましいですが進言させていただきたく参ったのです」

「んー」

ダントさんの言葉に、僕は首をゆっくりと傾けた。

「さすがにラウルがこの村のことを知っても、どうこうしたりはしないと思うんだけど……？」

だってラウルは今やアルベイル家の次期当主だ。

重要な戦いで初陣なのに大活躍したそうだし、今さらこんな荒野の村の存在を知ったところで、眼中にはないはずだった。

「それは甘いです、ルーク様」

「ミリア？」

「あの方のことです。もし少しでも自分の立場が脅かされかねないと知れば、必ず排除しようとするはずです。ましてやそれが、兄であるルーク様であるとなればなおさらでしょう」

「間違いないわね！　あいつは態度がデカいくせに小心者だから！」

「セレンまで」

二人そろってラウルの評価は最底のものらしい。

「でも僕、別に立場を脅かすようなことしてないと思うんだけど……」

「「どこがですか!?」」

「あれ？」

なぜかダントさんたちも含め、全員から即否定されてしまった。

「この短期間にこれだけの村を築けるとアルベイル侯爵が知れば、ルーク様への評価は一変するでしょう。それをラウル様が恐れるのは当然です」

「そ、そうかな……？」

「実はすでに一度、私のところへ調査命令が来たのです。そのときはどうにか誤魔化すことができましたが、ここまで噂が広がってしまった今、そう遠くないうちにラウル様に知られてしまうことでしょう」

「え？　それって大丈夫なんですか？」

つまりは虚偽報告をしたということだ。

もし見つかったら代官としての首が飛ぶ。いや、下手したら処刑されるかも……。

「心配は要りません！　ルーク様と心中する覚悟はできておりますから！」

「ええっ!?」

ちょっ、勝手にそんな覚悟されても困るんだけど!?

「ともかく、決して無視はできません。戦いに備えて戦力を増強し、同時に少しでもこの村の存在が知られるのを遅らせる必要があるでしょう」

と真剣な面持ちで言ってから、ダントさんはふっと笑った。

「もっとも、私などが言うまでもなく、とっくに戦力増強に取り組んでおられたようですが。ダンジョンによる冒険者の誘致や、高品質の武具の製造にポーションの生成、それに訓練場を建設し、兵士の育成にも力を入れているご様子」

……それ別にラウルとの戦いを見越してのことじゃないんだけど。

ダンジョンも武具もポーションも、結果的に高性能のものができあがってきただけであって、元から意図したわけではない。

訓練場については周りからの要望を受けて作った。特に魔法使いたちは、安全に魔法の練習ができる場所があると嬉しいらしい。

もちろんこんな世の中なので、村を護るために少しずつでも備えていかないと、とは思っていたけど。

◇　◇　◇

「ああっ……一体、セレンはどこに行ってしまったのだ……」

バズラータ家の領主、セデス＝バズラータ伯爵は頭を抱えていた。

アルベイル家に嫁ぐはずだった娘が家出し、それから一向に音沙汰がない。

家臣を調査に出したが、見つかる気配もなかった。このままではアルベイル家との関係悪化を免れることはできないだろう。

「失礼します！　セデス様！　セレンお嬢様の居場所について、重大な情報を摑みました！」

「なにっ？　それは本当か!?」

家臣からもたらされた報告に、セデスは思わず詰め寄る。

「実は最近、アルベイル領北方にある荒野……そこに新たな街ができたとの噂が領内で広がっているようでして。ここバズラータ領にまで聞こえてきているほどです」

「荒野だと？　そんなところに街が……？」

と、そこでセデスはあることを思い出す。

「まさか、ルーク様が開拓を命じられた荒野か……っ!?」

「そうなのです。それも信じられない早さで発展し、すでに人口は万にも迫る勢いである、と」

「万!?　ルーク様が追放されたのは、まだほんの一年前のことだろう!?」

「は、はい。……それで、もしかしたら、セレンお嬢様はそこにいらっしゃるのではないかと……」

「……あり得ぬ話ではない。しかし、ルーク様が本当にこの短期間にそれほどの街を築かれたのだとすれば……」

これまでとはまた別の悩みが浮上してきてしまう。

「もし今後、ルーク様が再び次期当主候補へと返り咲いたら……い、いや、さすがにそれはあるまい。ラウル様はこの度の戦いで、大きな戦果を上げられたと聞く。もはやラウル様の優位は覆るはずもない……。となると、やはりセレンには……」

覚悟を決めたように一人頷くと、セデスは家臣に命じた。

「すぐにその街を調査してくれ。そしてもしセレンが見つかれば、何としてでも連れ戻してくるのだ」

その後の調査の結果、娘のセレンが間違いなく荒野の街にいることが確認された。

だが当の本人が帰還を突っ撥ね、一向に戻ってくる気配がない。それでも伯爵は諦めずに繰り返し使者を送り続けたのだが、

「申し訳ございません、セデス様。セレン様にお会いすることはできたのですが、やはり戻るつもりはない、と」

「……そうか」

何の進展もない報告を聞きながら、セデスは溜息をつく。これで五度目か、六度目か。娘の意志の固さは相当なもののようだ。

「それから……」

「まだ何かあるのか?」

「は、はい。これを……」

そう言って家臣が差し出してきたのは辞表だった。

「……お前もその街に移住するつもりか?」

「も、申し訳ありません! ですが……あそこは本当に素晴らしい街です! 食べ物は美味しいし、寝床は快適! それに広くて心地よいお風呂にいつでも入ることができるんですよ!」

鼻息を荒くして語る家臣に、セデスはもはや溜息すらでなかった。

今まで使者として件の街に行かせた者たちが、例外なくこうなっていた。全員が辞表を提出し、移住してしまったのである。まさに木乃伊《みいら》取りが木乃伊になる、だ。

「どいつもこいつも! これまで重く用いてやった恩を忘れて、簡単に去っていくとは! それほどその荒野の街がいいのかっ!」

家臣が去っていった後、セデスは思わず叫んでいた。これではもう迂闊に使者を送るわけにはいかない。

「一体全体、どんな街だというのだ……っ!」

自らの目で一度確かめてみたいところだが、生憎、領主として忙しくしている彼に、そのような時間はない。

と、そこへ。

「父上、随分と姉上の説得に苦労しているようですね」

「おお、セリウス！　帰ってきたのか！」

「ええ、たった今」

この度の戦争に、バズラータ家もアルベルト家の友軍として参加していたのだ。

セリウスは初陣ながら大いに活躍したと、セデスは報告を受けていた。

彼は姉のセレンと同じダブルギフトである。見た目もよく似ていて、ともすれば少女に間違えそうだが、戦場では敵兵を戦慄させるほどの強さを見せたという。

「それにしても姉上の我儘にも困ったものですね」

「聞いておったか……。しかしまさか、ルーク様がこれほどの手腕の持ち主だったとは思わなかった。これは下手をすると、ラウル様かルーク様、今後どちらがより力を付けるか、分からなくなってきたぞ」

「いえ、それはありませんね」

セリウスがきっぱりと断言する。

「ルーク様のギフトは所詮、街を作るだけのものでしょう？　『剣聖技』ギフトを持つラウル様には到底、及びません。ぼくも間近で拝見しましたが、やはりあれは別格です。加えて、ラウル様はすでにその力を使いこなされているようでした。もしラウル様がその気になれば、そのような街など簡単に潰せるでしょう」

「なるほど……」

直接その目で見てきた息子の言葉に勝るものはないと、セデスは思った。

「しかし、あの頑固娘のことだ。儂が何を言っても耳を貸さぬだろう」

「ならば、ぼくが連れ戻しましょう」

「よいのか？　戦場から戻ってきたばかりだが……」

「心配は要りません。むしろ戦場帰りの高揚感で、じっとしていられそうにないのです」

「セリウス……うぅ、いつの間にか頼もしくなって……」

息子の成長に涙ぐむセデス。しかしふと、脳裏を不安が過る。

もしこの息子まで、その街に移住すると言い出したら……？

……いや、ここは息子を信じよう。

「頼んだぞ、セリウス」

「はい、父上。お任せください」

結局セデスは力強く息子を送り出したのだった。

◇　◇　◇

「セレン様、ご実家の方からまた使者がいらっしゃったようです」

「また来たの？　お父様も諦めが悪いわね」

ここ最近、頻繁にセレンの実家から使者がやってきていた。

もちろんセレンを連れ戻すためだ。

最初に来たのは三週間ほど前のこと。どうやらこの村の噂がセレンの実家の方にまで伝わり、ここにいるのではないかと調査しにきたようだった。

別に隠れる必要もないからと、セレンは堂々と出ていって、その使者を突っ撥ねた。

数日ほど説得を試みたその使者も、セレンが梃子でも動かないのを知って最後は諦めて帰っていったのだけれど……なぜかそれからしばらくして再びこの村へとやってきて、

「移住させてください！　あっちには辞表を出してきました！」

どういうことかと思ったら、この村にいた数日間の生活があまりにも快適すぎて、移住を決意したらしい。

しかも最初の使者だけじゃなかった。次の使者もその次の使者も、この村に移住することになった。

そんなことが続いていたので、さすがにセレンのお父さんもそろそろ諦めるかと思っていたのだ

けれど……。

「このままだと家臣が全員いなくなっちゃうわよ？　いい加減、門前払いしちゃおうかしら」

「それが、セレン様の弟君だと名乗っておられまして」

「えっ？　もしかしてセリウス？」

どうやらセレンの弟がやってきたらしい。

◇　◇　◇

「な、なぜこんな荒野に、これほどの街が……？」

セリウスは困惑していた。

想像していたよりも遥かに巨大な街が、荒野に忽然と現れたからだ。

バズラータの領都をも凌駕する城壁に、思わず圧倒されてしまう。

この度の戦争で、セリウスはアルベイル軍とともに幾つかの都市を陥落させたが、その中にこれほどの城壁を持つ都市は一つもなかった。

しかも街に至るまでに敷かれている街道も、今まで見たことがないほど綺麗に整っている。

一体どれだけの歳月をかけて建設したのかと思ってしまうが、信じがたいことに一年前まではあの城壁も街道も存在していなかったという。

やがて、その城壁に勝るとも劣らないほどに立派な城門が見えてきた。

近づいていくと、衛兵らしき者たち――それらしい装備を身に付けているが、人相が悪くて一瞬野盗かと思ってしまった――が駆け寄ってくる。

「ぼくはバズラータ家の使者セリウスだ。セレン姉上に会いにきた」

自身の身分と用件を伝えると、衛兵たちは少し驚いたようだった。

しばらく経ってから、街の中へと入ることを許された。

「これは……」

城門を潜ると、その先に広がっていたのは畑だ。

このような荒野で作物が育つのかと思ったが、よく見ると信じられないほど大きな作物があちこちに実っていた。

「ん？　何だ、あの巨大な木は……」

その畑のど真ん中に、見たことがないほどの巨木が一本だけ立っていた。

セリウスの呟きを拾ったのか、案内してくれている衛兵が言う。

「ああ、あれは近づかない方がよろしいですぜ。村人以外には懐かなくてかなり危険なんで」

「懐く……？」

意味が分からず首を傾げるセリウスだが、そこであることに気づく。

「（あの辺り、まるでドラゴンの顔のようにも見えるが……いや、まさかな）」

畑を超えると、再び城壁と城門があった。

どうやらこの街は二重の城壁で護られているらしい。ますます攻め入る隙が見つからない。

もっとも、それは街を守護するための十分な兵力があったら、の話だ。

「なるほど。確かになかなかの活気だ。けれど、人口はせいぜい一万かそこら。しかも寄せ集めの移民ばかりと聞く。これでは到底、十分な兵力はないだろう。……それにしても、美味そうな匂いだな？　えっ、ミノタウロス肉の串焼きっ？　ぜひ一度食べてみたか――って、ダメだダメだ、ぼくは観光に来たわけじゃない！」

途中で予想外の誘惑に遭いながらも、セリウスは姉がいるという村長宅に辿り着く。

「ふん、もっと大きな城に住んでいるかと思いきや、大したことないんだな。うちの城の方がよっぽど……ん？　何だ、あの湯気が出ている池は……えっ、お風呂？　あの広さでっ？　しかも、いつでも好きなときに浸かれるだって？　羨まし……い、いや、そんなことはない！　お風呂なんて、たまに入れれば十分だろう！」

何やら一人ぶつぶつ言っていると、そこへ一人の少年がやってきた。

「久しぶりだね、セリウスくん」

「ルーク殿……」

数年前にアルベイルの領都に行ったとき以来の再会だ。

しかしセリウスと同様、ルークも当時と見た目があまり変わっていない。相手だけ男らしくなっていたらどうしようかと思っていたセリウスだが、ひとまずホッとしたのは内緒だ。

さらに姉のセレンも姿を見せる。

「姉上！」

「私は帰るつもりはないわ、セリウス」

開口一番、きっぱりと告げるセレン。

「そんなわけにはまいりません。父上が今か今かと、姉上の帰りを心待ちにしているのです」

「お父様が望んでいるのは私が帰ってくることじゃなくて、アルベイル家との強固な関係性でしょ？」

「……それも、我が家を思ってのこと。貴族の娘として生まれた以上、当主の意向に従うのが道理というものでしょう」

「じゃあ勘当してもらっても構わないわ。娘じゃなくなれば、別に好きにしたって構わないわけでしょ？」

「っ……どうしても、戻らないとおっしゃるのですね？」

セリウスは念を押すように問う。

「戻らないわ」

セレンは迷う様子もなく頷いた。

「ならば……力ずくでも連れて帰ります」


次の瞬間、セリウスが連れてきた護衛たちが一斉に武器を抜いた。

ただの護衛ではない。バズラータ家を代表する最強の部隊で、今回の戦場でも大いにセリウスを支え、幾つもの戦功をあげている。

この状況を予期していたのか、どこかに身を潜めていたらしい武装した村人たちが、セリウス一行を取り囲むような形で姿を現した。

「(所詮は武器を手にしただけの素人だろう。こっちは戦場帰りの精鋭だ。ギフト持ちだって僕を含めて三人もいる。相手で警戒すべきは姉上だけ)」

このときセリウスは、自分たちの優位を信じて疑っていなかった。

「(その姉上も実戦から離れて久しい。ぼく一人でも十分だ。今回の戦場でぼくは強くなった。間違いなく姉上を超えたはず)」

まさか敵の全員が武技系のギフトを持っているなど、知る由もなく――


「行くぞ！」

「「おおおおっ！」」

仲間たちの雄叫びを背後に聞きながら、セリウスは姉へと躍りかかった。

『二刀流』は姉弟共通。だが『青魔法』とのダブルギフトである姉と違い、彼は『緑魔法』のギフトを持つ。そのため対人戦における基本戦法もまた、自ずと異なっていた。

氷塊による遠距離攻撃を織り交ぜつつ、冷気を纏った二本の剣で敵の動きを鈍らせながら戦うセレン。

一方で、風の後押しを受け、電光石火の速さによるヒットアンドアウェイを繰り返すのがセリウスの基本的な戦い方だ。それはセレンもよく知っている。

だが成長したセリウスの加速力は、今や常人には視認不可能な速度にまで到達していた。

「(今のぼくの動きについてこれるかな、姉上?)」

飛んでくる氷塊を躱《かわ》しながら一気に速度を上げたセリウスは、セレンの動体視力を置き去りにするようにその視界から消えた。

そうして一瞬でセレンの背後を取ったセリウスは、二本の剣を振り上げ、

「甘いわ」

ガキイイイインッ!

「なっ!?」

あっさり攻撃を受け止められて、いきなり出端を挫かれてしまう。

「(ぼくの動きに付いてきた!? い、いや、今のはただのマグレに違いない!)」

すぐさま距離を取り、再び超速度で攻めかかるが、何度やっても姉には通じない。それどころか、姉が纏う猛烈な冷気によって、次第に彼の最大の強みであるはずの速度が出なくなっていく。

「(くっ……このままではっ……いや、焦るんじゃない。最悪、ぼくがこうして姉上さえ抑えておきさえすれば、その間にみんなが敵を倒してくれるはず)」

焦り始めていたセリウスだったが、そう自分に言い聞かせることで、気持ちを落ち着けようとする。

だがいったん周囲の様子を確認すべく、視野を広く取ったセリウスは、信じがたい光景を目の当たりにしてしまう。

「ぐ……せ、セリウス、様……」

「な……っ!?」

敵を圧倒しているに違いない。そう信じていた頼れる仲間たちが、屋敷の庭のあちこちに死屍累々の有様で転がっていたのだ。

「つ、強い……ぐふっ……」

「やられた……」

「……む、無念……」

死んではいないようで呻き声が聞こえてきているが、それはすなわち相手に手加減されたことの証左でもある。

当然、手加減ができるだけの戦力差があったということ。

「な、なぜだ!?　なぜお前たちが負ける!?」

あり得ない。

こんな荒野の、できたばかりの街の素人兵士たちに、バズラータ家の最強部隊が手も足も出ないなんて……。

しかもセリウスが姉のセレンと一騎打ちをしていた、ほんの数分の間に全滅したのだ。

目の前の戦いに集中していたセリウスには、一体何がどうなって自軍が敗北を喫したのかも、理解できていなかった。

「ば、バレット！　どういうことだ、これは!?　なぜお前たちが負けた!?」

部隊の隊長を務めていた壮年の戦士バレットを、強い口調で問い詰めるセリウス。

「し、信じがたいことですが……奴らは恐らく、全員がギフト持ち……」

「何だって!?　そんな馬鹿なことがあるか！　こんなところじゃ、そもそも祝福すら受けられないはずだ！　ましてや、これだけの人数がギフトを持つなんて……っ！」

セリウスの常識が、バレットの言葉を即座に否定する。

だがバレットが嘘を吐くような人間ではないこともよく知っていた。

セリウスはますます混乱するしかない。

そんなことなどお構いなしに、姉は平然とした態度で訊いてくる。

「それより、続ける？　久しぶりの姉弟の手合わせだし、決着つくまでやってもいいけれど」

「……っ！」

何より先ほどから一向に姉を倒せないのがおかしい。

初陣を経て、一気に強くなったと自負していたセリウスだが、追い抜くどころか、まるで姉との差が縮まっていないのだ。

「どうして姉上がこんなに強くなっているんです!?」

「別にのうのうと暮らしてたわけじゃないもの。魔境に入ったりダンジョンに潜ったり。あと、毎日のように訓練に付き合ってるし」

「この街にはダンジョンまであるんですか!?」

「あ、一応ここは村よ？　街じゃないわ」

「こんな村があって堪るかあああっ！」

思わず敬語も忘れて叫ぶセリウス。

味方が全滅した今、たとえこの一騎打ちに逆転勝利したところで、多勢に無勢だ。どのみち姉を連れ帰ることなど不可能だろう。

「ぼくたちの……負けです……」

セリウスは項垂《うなだ》れ、手から取り落とした武器が虚しく地面を転がる。

「お疲れ様～っ！　じゃあ怪我人はこっちに！　治療するんで！」

戦いが終わったと見て、そんな指示を飛ばしたのはルークだ。

どうやら味方だけでなく、敵であるはずのセリウス一行も治療してくれるらしい。

「貴殿も怪我をしているな？」

「い、いや、これくらいは――」

姉の氷魔法を喰らったらしく、右腕に微かな傷を負っていたが、これくらいはかすり傷だ。治療の必要などないと首を振るセリウスだったが、声をかけてきた人物を見て思わず息を飲んでしまった。

「――っ!?」

信じがたいほど整った顔立ちの美女だったのである。

「別に気にする必要はない。我が一族には白魔法を使える者も多いからな。これくらい一瞬で治してしまえる」

よく見ると耳先が尖っていた。エルフ族のようだ。

「あ、あ、あ……」

「……？　どうした？　もしかしてエルフを見るのは初めてか？　なに、貴殿ら人族とそう変わるものではない。特にこの村では皆等しく暮らしている。……おっと、名乗るのが遅れたが、私はフィリアという。貴殿の姉のセレン殿には日頃から世話になっている」

貴族のような、どこか作り物の気品とはまた違う。

その立ち居振る舞いには自然な気高さが溢れ、神々しさすらも感じられた。

胸の動悸が止まらない。顔が真っ赤になったセリウスの口からは、「あうあう」という赤子のような声しか出なかった。

「む？　やたらと顔が赤いぞ？　大丈夫か？」

「〰〰〰っ!?」

セリウスの異変に気づいて、フィリアがぐっと顔を近づけてくる。

それが彼にトドメを刺した。

「……きゅう」

「お、おい!?　しっかりしろ！」

この日、セリウスはエルフのお姉さんに恋をした。


『父上、申し訳ありません。しばらく帰れそうにありません。セリウス』

息子から送られてきた手紙には、簡潔にそう綴られていた。

「セリウスうううううううううううっ!?」

◇　◇　◇

「奴からの返答はまだないのかっ？」

「は、はい……何度も召集令状を送っているのですが、まったく反応がないようで……」

ラウルは苛立っていた。

というのも、とっくにくたばっていると思っていた兄のルークが、荒野に都市を築いているとの噂が、領内に広がっているのだ。

その真実を確かめるべく、荒野に近い北郡の代官に調査と報告を求めた。

しかし最初の報告では、調査の結果、そのような事実はないとのことだった。

だが噂は一向に収まらない。それどころか、ますます広がっているほど。

さすがにこれはおかしいと、再度の報告を求め、代官を領都へ呼び出すことにしたのだが、いつまで経っても応じる気配がないのである。

「この様子ですと、ダント代官が裏切り、ルーク様の側に付いている可能性も……」

「ちっ……代官の分際で、この俺に歯向かう気か！」

さらに彼の怒りを増幅させていたのは、噂は広がっていても、なかなかその真偽を確かめることができないことだった。

その荒野に行った者の大半が、そのままその街に定住してしまっているせいだ。お陰で具体的な情報が得られないのである。

それどころか、代官とは別にこちらから独自に調査団を派遣したにもかかわらず、行ったきりまるで帰ってくる気配がない。

「美味しい食べ物に快適な住居……一度行くと、二度と帰りたくなくなる……やはりその噂は本当だったのかも……」

「んなわけねぇだろが！　あそこは作物もロクに育たない不毛の地だ！　しかも周辺には危険な魔境がある！　たった一年かそこらで、そんな街を築けるはずがねぇ！」

臣下の言葉に、ラウルは怒声を響かせた。

と、そのときだ。ラウルの元へ、一人の見慣れぬ男が連れてこられたのは。

「何だ、その男は？　俺は今、忙しい。つまらぬ用だったら叩き斬るぞ？」

「ら、ラウル様っ……こ、この男は、北郡のダント代官の部下だったという者でしてっ……」

「なに？」

どうやら男は、代官の不正を知り、それを報告するためここまで来たのだという。

「い、命懸けでした……もし見つかれば、どうなるか分からない……それでもラウル様のため、決死の覚悟で……」

「貴様の武勇伝などに興味はねぇ。それより不正の証拠はあんのか？」

「は、はいっ、ここに……」

そう言って男が取り出したのは、代官が行った荒野の調査結果を記したものだった。

「見せろ！」

それをひったくり、ラウルは目を通す。

そこに書かれていたのは、俄かには信じがたい情報ばかりだった。

「王都のそれに勝る二重の城壁に、一万に迫る人口……？　さらにはダンジョンだと……？　で、出鱈目だ！　貴様、よくもこんな出鱈目を俺に見せやがったなっ？」

「でで、出鱈目ではありませんっ！　間違いなく代官の部屋に保管されていたものですっ！」

あり得ないと断じたラウルだったが、胸の奥から不安が湧き上がってくる。

もしこれが真実だとしたら……。

危機感を覚えたラウルは、臣下に命じた。

「改めて調査団を派遣しろ！　ただし今度は移住希望者にでも変装させて、秘密裏に行え！」

「は、はいっ！」

「そうだ……その中にアレを紛れ込ませろ……場合によっては、ルークの野郎を……」

◇　◇　◇

「ほ、本当にあったぞ……」

「しかも何だ、あの城壁は……これをたった一年かそこらで築いたというのか……？」

「こ、この街道だって異常だ……。こんなものを作り上げようとしたら、本来は何十年とかかるはず……」

荒野に敷かれた街道を進みながら、その一団は大いに困惑していた。

ここに来るまでは半信半疑だった彼らだが、あまりの衝撃にその目的を忘れてしまいそうになるほどだった。

「これをあのルーク様が……？」

「やはり、北郡の代官の報告は嘘だったのだ……っ！」

「まさかこんな街の存在を隠していたとは……す、すぐにラウル様にお伝えしなければ……」

そう、彼らはラウルが派遣した調査団だった。

「私はあの街を詳しく調査する。お前は先んじて領都に帰還し、ラウル様にこのことをご報告するのだ」

部下にそう命令したのは、熟練の諜報員だ。過去、幾度となく敵地に潜入しては、有力な情報を入手し、アルベイル家の躍進に大いに貢献してきた。

そして時には暗殺も……。

「(……今回も手を汚すことになるかもしれぬな)」

他の調査員たちすら、そのことは知らされていない。彼だけが直接、ラウルからの指示を受けたのだ。

「お気を付けください」

「はは、俺を誰だと思っている。これより遥かに危ない橋を何度も渡ってきたんだぞ」

報告のためすぐに引き返すグループと、さらに詳しく街の規模や戦力などの情報を調べ上げるグループ。調査団を二つに分けて、彼らは互いの健闘を祈り合う。

まさにそのときだった。突如として地面が消失したのは。

「「「……え？」」」

一体何が起こっているのか理解できないまま、彼ら全員が暗い穴の中へと落ちていく。

「ぐべっ!?」

「がっ！」

「痛っ!?」

やがて彼らは硬い床に叩きつけられた。

幸いそれほどの高さではなかったため、何人かが軽い怪我を負った程度だ。

それでも突然のことに動揺を隠せない彼らは、自分たちが置かれた状況を理解するまで少しの時間を要した。

「ここは一体……？」

「ろ、牢屋……？」

どういうわけか、彼らは牢屋の中にいた。

石造りの壁に三方向を囲まれ、そして鉄格子によって外と隔てられている。

鉄格子の隙間から外を覗くと、そこは延々と一直線に延びる地下通路のようだった。

と言っても、こんな見事な地下通路など、今まで一度も見たことがない。

穴に落ちたと思ったら、謎の地下通路に設置された牢屋の中だったという、俄かには信じがたい事態。

だが次に彼らを襲ったのは、それ以上に信じられない出来事だった。

ズズズズズズズズ……

なんと牢屋が彼らを乗せたまま動き出したのだ。

「牢屋がっ……牢屋が動いてるだとっ!?」

「な、何が起こってるんだ!?」

「かあちゃあああんっ！」

次から次へと起こる怒濤の展開に、彼らはもはや言葉を失い、恐怖に怯えるしかない。

やがてゆっくりと牢屋が停止した。

ひとまずホッと安堵の息を吐く彼らだったが、そこへさらなる恐怖が待っていた。

「いっひっひっひ、あんたたち、よく来たねぇ」

「「「っ!?」」」

不気味な笑い声が聞こえてきたかと思うと、鉄格子の向こうに一人の老婆が現れたのだ。

小柄で、いかにも非力そうな老婆である。しかし何故だか分からないが、彼らの背筋をぞっと冷たいものが走る。寒気でぶるりと身体を震わせる者もいた。

「あ、あんたは何者だ……っ!?　私たちを一体どうするつもりだっ!?」

「いっひっひっひ、それを教えてやる前に、まずはあんたたちの目的を教えてもらわなくちゃねぇ？」

「ひっ……」

皺くちゃな顔に嗜虐心いっぱいの笑みを浮かべる老婆に、熟練の諜報員も頬を引き攣らせ、確信するのだった。

このババアはヤバい、と。

◇◇◇

村に近づいてきた一見すると移民風の一団。

だけど僕のマップ機能のお陰で、簡単にそれが見た目通りではないことが分かった。マップ上では複数の赤い点として表示されていたのだ。

そこで彼らの足元まで延びる地下通路を作り、施設カスタマイズで穴を開けて彼らを落とす。落下地点には、あらかじめ天井に穴を開けた状態の牢屋を作っておいた。

そうして彼らが落ちた後に、その穴を封じてしまえば、自動捕獲が完了。後は配置移動を使い、村まで牢屋ごと運んでくれればいい。

彼らがラウルの派遣した調査団だということは、いつものようにおばあちゃんが吐かせてくれた。

「やはりまたラウル様の手先だったようですね」

ミリアが冷たい口調で言う。

「うーん、でも、こんなことしちゃっていいのかな？」

「何を言っているのですか？　拷問で話を聞き出したネマ老婆によれば、あの中にはルーク様の暗殺を指示された者までいたというのですよ？」

「そうよ！　あっちは容赦する気なんてまったくないんだから！」

憤慨した様子でセレンも割り込んできた。

そう言われてしまうと、反論できない。

……こっちは別にラウルと敵対しようなんて思ってないんだけどなぁ。

第七章　五千の兵

「あ、あれが噂の……」

「本当にこんな荒野に街があったとは……」

荒野を横断する立派な城壁に圧倒されていたのは、新天地を求めてやってきた商人団だった。

「あそこは規制もほとんどなく、一部の商会による理不尽な独占もないと聞く」

「加えて、無料で店舗を貸し出してくれるって話だ。俺たちのような商売人にとってはまさに天国だな！」

「新入り、お前はほんとにツいてるぜ！　これまで俺たちが意地汚ねぇ利権のせいで、どれだけ苦汁を飲まされてきたことか……」

「そ、そうなんですね」

新入りと呼ばれたのは、これと言った特徴もない、齢十七、八ほどの青年だった。

名はレイン。ついほんの数日前にこの商人団に加わった、まさしく新米商人で、今はまだ商売の基礎を先輩から叩き込まれている真っ最中である。

そんな彼らの前に見事な城門が見えてきた。

他の街では一般的な入城料だが、この街ではそれも必要ないという。

その分、人々の自由な行き来は活発になり、結果的に街の経済は潤うことになるだろう。

やはり素晴らしい街だ、これだけでも統治者の有能さが分かる、などと楽しそうに話す彼らの中にあって、唯一、先程の青年レインだけが強張った顔をしていた。

「何の目的でこの村に？」

検問だ。入城料を取らないが、街に怪しい者が入ってこないようにチェックしているらしい。

もちろん彼ら商人団は純粋に商売を行うためにこの街にやってきた。何も後ろめたいことなどない。

……先ほどの青年レインただ一人を除いては。

「(だ、大丈夫……きっと大丈夫だ……今の私は完全に新米の商人……怪しまれるはずがない……)」

実は彼の一家は、アルベイル家に仕える家臣団の一員だった。

これまでこの荒野の街を調べるため、ラウルが幾度となく派遣した調査団。

しかし必ず荒野に入った直後から行方が分からなくなり、誰一人として領都に戻ってきた者がいないのである。

そこで彼の父親が一計を案じたのだった。

荒野の街で新たな商売を行おうとしている商人団に、自身の息子を新米商人として紛れ込ませ、そうしてしばらく商人として仕事をしながら密かに街の調査を行わせよう、と。

ただし、レインには諜報員としての経験などない。

もちろん彼は「諜報などやったことなどない。無理だ」と強く訴えた。

しかし父親は「かえって素人の方が怪しまれないはずだ。やれ」との一点張りだった。

家を継ぐ可能性の薄い三男坊など、どうなろうが痛くないのだろう。

それに家臣と言っても末端中の末端。ここでどうにか功を上げ、それをきっかけに取り立ててもらおうという魂胆に違いない。

それを分かりつつも、レインは命令に従うしかなかった。

幸いこうして上手く商人団に潜り込むことができ、今はどこからどう見ても新米商人そのものだった。

「(だ、だけど、今までの調査団だって、移住希望者に扮していたって話だ……それでも見つかってしまったとなると……。い、いや、きっと何かバレるようなヘマをしたんだ！　そうに違いない！　本当の商人として仕事をこなして、調査は二の次三の次……そうだ、それくらいでいけば……)」

「そこの若いの、大丈夫か？　随分と顔色が悪いようだが？」

「っ！　し、心配は要りません！　長旅でちょっと疲れただけなので！」

検問官から指摘され、レインは慌てて適当な言い訳を口にした。

「(し、しまった……怪しまれたか!?)」

「……そうか。実はこの村には公衆浴場もあってな。あれに入れば体調なんて一気に治るぜ」

「あ、ありがとうございます」

どうやら杞憂だったらしい。

そうしてどうにか検問を通過し、城門を潜ることを許されたのだった。

レインはホッと安堵の息を吐く。

「(街の中に入ってしまえば、ひとまず安心だろう……。それにしてもなんという街だ……これだけの防壁が二重に……)」

畑が広がる一帯を超えて二度目の城門を潜ると、そこはとてもここが荒野とは思えないほど、大勢の人々で賑わっていた。

と、そこへニコニコしながら、一人の少年がこっちにやってきた。しかも真っ直ぐレインの方へと近づいてくる。

「初めまして。商人さんですか？」

「……な、何か用でしょうか？　自分、見ての通り新米なもんで、話なら先輩たちにしてもらえると……」

なぜ明らかに頼りなさそうな自分に声をかけてきたのかと、レインが訝しがっていると。

少年がにっこり微笑みながら信じられない名を口にしたのだった。

「村長のルーク＝アルベイルと言います」

商人たちが一斉にざわつく。しかし最も衝撃を受けていたのは、一団に交じって極秘の調査に来ていたレインだ。

「(ルーク様ああああああああああああっ!?)」

仮にもアルベイル家の家臣団の一員であるレインだが、直接ルークを見たことがあるのは、せいぜい数回程度。

しかもかなり距離があったため、遠目から「あそこにいるのがルーク様か」と確認できた程度だった。

当然、相手も自分のことを知っているはずがない。はずがない、のだが……。

「ええと、申し訳ないですが、ちょっとお話ししたいことがありまして」

「(話って何いいいいいっ!?)」

レインの全身から冷や汗が噴き出してくる。

これまで調査団は誰一人として帰ってこなかった。噂ではどこかに捕らえられて、死ぬよりも苦しい目に遭わされていると聞く。

「(嫌だああああっ!?)」

「な、何かありましたかね？　あっしはこの一団の長をしてるサントっていうんですが……そいつはうちの新入りでして……」

　心の中で泣き叫んでいると、恐る恐る割って入ってきたのは商人団の長だ。

　しかも新人であるレインのことを可愛がってくれている。

「どうか自分が怪しい者じゃないと証言して！」と、祈る気持ちで見守っていると、

「もちろん彼が抜けた分は補填させていただきます。ええと、これくらいではいかがですか？」

「ぜひ連れて行ってやってくだせえ！」

「(お金で売られたああああああああああっ!?)」

　結局、レインは商人団から引き離され、一人どこかに連れていかれることになってしまったのだった。

　いつの間にか屈強な男たちが傍にいて、逃げることもできない。

「(……お、終わった)」

　連れていかれたのは屋敷だった。

　数人に囲まれる形で、レインは椅子に座らされた。

「レインさん、ですよね？」

「(何で名前知ってんのおおおおお!?)」

　家臣団の末端中の末端である彼の名など、覚えているとはとても思えない。

　自分をピンポイントで連行してきたことといい、計り知れない相手に恐怖を覚える。

「全部話してもらっていいですか?」

威圧するでもなく、むしろ優しく問われて、レインの胸を様々な感情が過る。自分の身のためを思えば、ここで正直に吐いてしまった方が楽かもしれない……。

しかし彼は首を振った。あっさり白状してしまうほど、自分は軟弱な男ではない。父親をはじめ、一族の未来が自分の肩にかかっているのだ。

そんなレインの前に、一人の小柄な老婆が進み出てくる。

「いっひっひっひ、言いたくないなら言わなくて構わないよ? その代わり、死ぬほど楽しいことが待ってるけれどねぇ?」

「ひぃっ? は、話します! 話しますから!」

……本能で逆らってはならないと悟り、老婆の脅しに一瞬で屈するレインだった。

レインは洗いざらい話した。

とはいえ、すでに幾つもの調査団が捕まっており、特に目新しい話もなかったようで、相手の反応はあっさりしたものだった。

「分かりました。質問は以上です」

「その……わ、私はこれから、どうなるのでしょう……?」

「そうですね……さすがにこのままお帰りいただく、というわけにはいかないです」

ああ、やはり過酷な労働に従事させられて、たとえ怪我や病気になっても休むことは許されず、死ぬまで働かされ続けるのだろう……。

いや、先ほどの老婆によって、人体実験でもされるのかもしれない……いかにもそうしたことを嬉々としてやりそうな目をしていた……。

絶望するレインが連れていかれたのは、謎の箱型の建物だった。

ちなみに逃げないように数人の監視が付けられているのだが、いずれも強面の男たちで、これからどんな目に遭うのかとますます恐怖を覚えるレイン。

「お前さんにはここで生活してもらうことになる。詳しいことはすでに入居している者たちに訊くといい」

「は、はい……」

どうやら先に捕まった調査団の人間たちもここにいるようだ。

「ちなみに逃げようとしても無駄だぞ？　すぐに見つかって衛兵に捕らえられるからな」

「っ……」

「ま、すぐに逃げようなんて思わなくなるだろうが」

「（精神をやられるぐらい酷い目に遭うってことか……）」

ガタガタと震えながら、レインはその建物の入り口を潜った。すると彼を待っていたのは、意外にも小奇麗なエントランスだ。

「お、もしかして新入りか？　しかし一人は珍しいな」

気さくに声をかけてきたのは小太りの男だった。

何か嬉しいことでもあったのか、やけにニコニコしている。

「……あなたは？」

「俺か？　俺はハンズって言うんだが、お前と同じでこの街の調査に来て、捕まっちまった一人だ」

「えっ!?」

返ってきた予想外の言葉に、レインは耳を疑う。

「今はここに軟禁されている」

「じゃ、じゃあ、毎日、過酷な労働を……？」

「ははは、仕事はしてるが、全然過酷じゃないぜ。八時間勤務の週休二日、しかも朝昼晩の食事つきだ」

「老婆の人体実験は……」

「人体実験？　何だそれは？　まぁ拷問好きのばあさんはいるが……大人しく情報を吐いちまえばそんなに酷いことはされないぜ。それよりベッドや風呂付きの部屋も与えられて、領都にいた頃よりよっぽど快適な生活をさせてもらってるぐらいだ」

嘘を吐いている様子はない。

そもそも本当にレインが想像していたような目に遭っていれば、こんなに肌つやと肉付きがよくはならないだろう。どう見ても健康そうだ。

「ルーク様は素晴らしい方だぜ。普通なら俺たちなんて酷い扱いをされても仕方ないもんだが、こんな待遇だ。それどころか、俺たちの立場や領都に残してきた家族の心配までしてくれたよ。考えられるか？　俺なんて、命令とはいえ、隙あらば暗殺しようとしてた人間だぞ？　はっきり言って、ラウル様とは人間としての器がまるで違う」

「ちょっ……」

「結局、アルベイル侯爵も、ラウル様も、俺たちをただの道具としか思ってねーんだよ。まぁ貴族なんて元よりそんなもんで、ルーク様が特別なんだろうが……。いずれにせよ、もう領都に帰れと言われても帰りたくないね。……あーあ、ルーク様がラウル様を倒してくれねーかなぁ」

とんでもない不敬発言の連続に、レインは絶句してしまう。

だが同時に胸がすくようでもあった。自分でも気づかないうちに不満が溜まっていたのかもしれない。

「（もしかして……この村は天国なのか……？）」

彼がこの村での生活を心から満喫するようになるまで、それから数日もかからなかった。

◇　◇　◇

シュネガー家との戦いに大勝し、ラウルが領都に戻って来てからおよそ三か月が経っていた。

あれから幾度となく荒野の調査を行ったが、ついに誰一人として戻ってくることはなかった。

北郡の代官も依然として招集に応じる様子はない。

結局ラウル陣営は、街へ行ったことがある商人などをどうにか捜し出し、無理やり情報を吐かせるなどの手荒い手段に出た。

するとあの代官の部下だったという男の報告が、決して嘘偽りではなかったことが分かってくる。

どうやら領都から追放されたルークが、本当に荒野に一から都市を築き、今やそれが万に迫る住民が暮らすほどにまで発展を遂げているらしい。

まだあれから二年も経っていないというのに、だ。

「ルーク……っ！　てめぇは何でまだくたばってやがらねぇんだよ……っ！　また、この俺の邪魔をしやがるつもりか……っ!?」

忌々しげに荒野のある北方を睨みつけながら、ラウルは叫ぶ。

そうしてついに彼は決断するのだった。

「……兵を出す」

「なっ……し、しかし、相手は兄君のルーク様……今はアルベイル家にとって大事な時期ですし、ご兄弟で争うなど……」

　慌てて諫めようとする家臣だったが、ラウルは聞く耳を持たなかった。

「黙れ！　奴は追放の腹いせに荒野で密かに兵力を集め、このアルベイル家に反旗を翻そうとしていやがるんだ！　これを捨ておくわけにはいかねぇだろう！」

　大義名分をでっち上げ、出兵の準備を命じるラウル。

　しかもその兵数が、家臣たちを驚かせた。

「五千だ！　五千の兵を揃えろ！　もちろん俺が率いる！」

「ご、五千っ!?」

　現在アルベイル軍は、その半数以上が征服地である旧シュネガー領に駐在している。

　しかも大きな戦争が終わった直後とあって、兵を集めるのはなかなか難しい状況だった。

「し、しかし、相手は人口がせいぜい一万の都市……兵数は千でも十分過ぎるほどかと……」

「つべこべ言わずにとっとと準備しやがれ！　ぶち殺すぞ！」

「は、はぃぃぃっ！」


　それから半月後、家臣たちの寝ずの働きによって、どうにか五千の兵を揃えたラウルは、自ら軍を率いて領都を出発した。

まず向かったのは、北郡の代官が駐在している都市リーゼンだ。

ちょうど荒野の街に至る途中に位置しており、食糧の調達や兵たちの休息などもその目的だったが、無論それだけではない。

「代官ダントは反逆者ルークに与《くみ》し、虚偽の報告を行った大罪人だ！　必ず引っ捕らえて俺のところへ連れてこい！」

ラウルの命令を受けて、兵士たちが都市内へと雪崩れ込んでいく。

場合によってはここで一戦交える覚悟もあったが、この兵数を見て怖気づいたのか、城門はあっさり開放されていた。

だが代官の屋敷に押し入ったところで、彼らは異変に気づく。

「……もぬけの殻だぞ？」

「人っ子一人見当たらないが……」

どうやら兵の接近を事前に察知し、一族もろとも都市と屋敷を捨てて逃げ出していたらしい。

「お、恐らく、荒野の街に逃げ込んだのかと……」

「はっ、ここで大人しく捕まっておけば、重罪にしてもまだマシだったものを」

もちろん死刑は免れないが、その方法は比較的軽いもので済んだかもしれない。

処刑も代官本人のみで許された可能性もある。

だが一族そろって逃走した以上、もはや穏便に済まされることはない。

「奴の側に付きやがったこと、末代まで後悔させてやる……っ！」

◇　◇　◇

代官のダントさんが村にやってきた。それも大勢の人を連れて。

「どうされたんですか？」

「大変です、ルーク様。ついに危惧していたことが起こってしまいました」

「と、言うと……？」

「ラウル様がこの村を……ルーク様を討つため、五千もの兵を連れて領都を出発されたのです」

「ラウルが？　しかも五千って……わざわざこんな荒野の村に？」

幾らラウルが僕を嫌っていると言っても、さすがに五千もの兵を集めて攻めてくるかな？　何か別の目的なんじゃ……と思ったけれど、どうやら本当にこの荒野に向かって、真っ直ぐ兵を進めてきているという。

「よくそんなに集められましたね？　戦争が終わってすぐだし、さすがに領民たちもすんなりとは応じてくれないんじゃ……？　大義もないだろうし」

「ルーク様が、アルベイル家に反旗を翻すつもりで荒野に戦力を結集していると、根も葉もないことを喧伝したようなのです」

「なるほど……」

あと五日ほどもすると、この荒野に辿り着く速度らしい。

「そこで私は一族の者たちとともにリーゼンを捨て、この村にやってきたのです」

「あれ？　ラウルはここに向かってきてるわけで、むしろかえって危険だと思うんですが……」

「覚悟の上です。どのみちラウル様はリーゼンに立ち寄り、虚偽報告をしていた私を捕らえるおつもりでしょうし、それならばここで少しでもルーク様のお力になれればと思いまして」

どうやらダントさんは私兵を連れてきてくれたようだ。

「こ、この村の戦士たちと比べると劣るかもしれませんが、我々も共に戦いましょう……っ！」

いつも護衛で一緒に来ているバザラさんが、そう言って胸を叩く。

……少しヤケクソ気味に見えるのは気のせいだろうか。

「ラウル様が、五千の兵をっ!?　……す、すぐに降伏するべきだ！　さすがに敵うはずがない！」

慌てた様子で訴えてきたのは、セレンの弟のセリウスくんだった。

どういうわけか、あれから完全にこの村に住み着いてしまっていた。

……実家の方は大丈夫なのかな？

「今回のシュネガー家との戦い、ラウル様は当初、僅か数百の手勢しか任されていなかった……っ！　だけど、そのたった数百の兵で、敵の主要都市の一つを陥落させてしまったんだ……っ！

五千もの兵がいたら、こんな街なんて半日も持つかどうか……」

「セリウス、あなたはすぐにでも実家に戻った方がいいわ」

「なっ……」

セレンの言葉に、セリウスくんが絶句する。

「降伏なんてしたところで、ラウルは絶対にルークを許しはしないわ。そして私たちは絶対にルークを護るつもりよ。つまり、戦う以外に選択肢はないってこと」

「っ……」

「もちろん、あなたまで巻き込む意味はないわ。だから今すぐ荷物をまとめて逃げなさい」

「そ、そんなこと、できるわけがない！　姉上を置いて逃げるなんて……そ、それに……」

セリウスくんの視線が、ちらりとフィリアさんの方を向いた。

それに気づいて、フィリアさんが「何だ？」という顔をする。

「顔に何かついているだろうか？」

「ななな、何でもないっ！　何でもないからっ！」

頬を真っ赤にして慌て出すセリウスくん。

うーん、もしかしてセリウスくんって……だから実家に帰ろうとしないのかな？

と、そのときだった。

〈パンパカパーン！　おめでとうございます！　村人の数が1000人を超えましたので、村レベルが8になりました〉

〈レベルアップボーナスとして、100000村ポイントを獲得しました〉

〈作成できる施設が追加されました〉

〈村面積が増加しました〉

〈スキル「村人強化」を習得しました〉


ダントさん一行が村人になったことで、ちょうど一万人の大台を超えたようだ。

ラウルとの激突が避けられそうにないこの状況下でのレベルアップは、正直かなりありがたいかも。

◇　◇　◇

都市リーゼンを発ったラウル軍は、荒野のすぐ手前までやってきていた。

すでに陽は落ちかけ、篝火が焚かれている。

今夜はここで野営を行い、明日の戦いに備えるつもりだった。

「さ、先ほど斥候が戻ってまいりましたが、城壁を備えた街が確かに存在していたようです。城壁の高さは五メートルを超え、厚さもかなりのものと推測されると……」

「あいつのギフトは『村づくり』だったはずだ！　それのどこが村だ！」

報告を受けたラウルは、苛立ちで声を荒らげる。

「……まぁいい。どのみち、この五千の兵があれば落とすのは容易い。ついこの間、攻城戦を経験したばかりだしな」

先日のシュネガーとの戦いで、ラウルは実際に都市を陥落させていた。

それらと比較しても上等な城壁を備えてはいるようだが、守護側の兵士の質を考慮すれば、その難易度は格段に劣るはずだ。

「所詮は難民や移民の寄せ集めだ。ロクな兵力はあるまい。……くく、今頃はこちらの兵数を知って、震えあがっている頃だろう」

「「……」」

傍にいる家臣たちは「やはり五千も要らなかったのでは……」と心で思いつつも、ラウルが恐ろしくて指摘することはできない。

無論、ラウルには、降伏を迫るつもりもなければ、長期戦に持ち込むつもりもない。

正面から一気に攻め込み、首魁であるルークを捕らえる気だった。

と、そのとき。

「やあ、久しぶりだね、ラウル」

「っ!?」

突然かけられたどこか気安い声。それに聞き覚えがあったものの、ラウルは一瞬、幻聴かと思ってしまった。

なぜなら、ここはまさに敵陣のど真ん中。こんなところにいるはずがない。

だが――

「あれから一年半ぶりくらいかな？　うーん、僕と違ってまた背が伸びたね……羨ましい」

そこにいたのは、今まさにラウルが反逆者と認定し、捕らえようとしている彼の腹違いの兄、ルークだったのである。

「ルーク……っ!?　なぜ貴様がここにっ!?」

大将であるラウルがいるこの場所は、周囲を五千の兵たちが護る野営地の中心。ここまで入り込む前に、必ず兵たちが気づいて騒ぎになっているはずだ。

しかしルークはただ一人、飄々とそこにいた。その異常な状況に、傍の家臣たちも呆然として動くことができない。

「話をしに来たんだ」

「話だと!?」

「うん。この五千の兵で、僕の村と戦うつもりなんでしょ？」

「……はっ、なるほど、村……村？　……街を護るために自ら降伏しにきたってわけか」

どうやってここまで誰にも気づかれずに入って来たのか、その疑問はひとまず置いておいて、ラウルは鼻を鳴らして相手の意図を推測する。

「違うよ？」

「なに？」

「無駄な戦いはやめようって言いに来たんだ。僕が実家に反旗を翻すつもりだって言って、これだけの兵を集めたんでしょ？　でも生憎と僕にはそんな気なんてさらさらないからさ」

「……」

「アルベイル家を継ぐ気もない。だって、今の村での暮らしで十分満足してるんだから」

ルークの断言に、家臣たちから呆れにも似た息が漏れる。

彼らも薄々は感づいていたのだろう、この戦いに本当は大義名分などないということに。

だがそれを許すまいとばかりに、ラウルは怒声を響かせた。

「黙れ！　俺は騙されねぇぞ！　そうやってこちらを油断させ、戦いを回避しようとの魂胆だな!?　男としてこの世に生まれ落ちて、そんな野心のない奴がいるわけねぇだろうが！」

「うーん、ほんとなんだけど……」

困ったように頭を掻くルーク。

単身で敵陣に飛び込んでいる人間の態度とはとても思えない。

「交渉決裂か……まぁ、あまり期待はしてなかったけど。……ええと、さすがにそろそろ逃げないとマズいかな？」

どうやらようやく兵士たちが侵入者に気づいたらしい。

大将であるラウルと話をしているためどうすればいいのかと戸惑いつつも、慌てて周囲を包囲していく。

踵を返すルークだが、すでに逃げ道は塞がれている。

しかし次の瞬間、誰もが我が目を疑った。

「「「っ!?」」」

突然、ルークの姿がその場から掻き消えたのである。慌てて兵士たちが駆け寄るが、もはや跡形もなくなっていた。

「い、いない……」

「一体どうやって……?」

「さ、捜せ！　まだ周囲にいるはずだっ！」

だが結局、どんなに野営地内を捜し回っても、ルークを見つけることはできなかった。

◇　◇　◇

地下道へと続く階段を下りた僕は、すぐにその階段そのものを削除する。

これで誰も後を追ってくることはできない。

「もう！　危ないことするわね！　一人で敵陣に乗り込むなんて！」

「ご、ごめん。でも、その方が相手も警戒せずに話をしてくれるだろうし……それにバズラータ家のセレンが一緒だと色々と問題あるでしょ？」

地下道で待ってくれていたセレンがぷりぷり怒っている。

ラウルと話をするため、僕はここまで地下道を引いてきていた。本当は一人で来るつもりだったのだけど、途中でセレンが追いかけてきたのだ。

地下道を作れることからも分かる通り、実はこの辺りまですでに村の領域に入っている。

だから万一のときはゴーレムで戦えるし、逃げるくらい簡単だと思っていたのだけれど、セレンはそれでも危ないからと付いてきてくれたのだ。

「それで、どうだったのよ？」

「失敗しちゃった。ラウルとは話せたんだけど……僕の言うこと、全然聞いてくれなくて」

「ふん、そうだろうと思ったわ」

こうなったらラウル軍を迎え撃たなければならない。

「相手は五千の兵よ。間違いなくオークの大群に攻めてこられたとき以上の脅威ね」

「そうだね……でも、まぁ、何とかなるかな」

「作戦はあるってこと？」

「うん。作戦っていうほど、大層なものじゃないけど……」

第八章　城壁迷路

村人たちは口々に不安を吐露していた。

「な、なぁ、聞いたか？　この村に敵が攻めてくるんだってよ」

「ああ、しかも五千とか……」

「五千っ!?　さ、さすがにヤベェよな……？　今のうちに逃げた方がいいんじゃ……」

「それだけじゃねぇ。率いているのは『剣聖技』を持つラウル様だとか。噂じゃ、すでにアルベイル侯爵に匹敵する強さらしいぜ」

「マジか……。完全に終わったな……この村、気に入っていたんだが……」

「けど、一体どこに逃げるってんだよ？　今さら元の村に戻っても食っていけねぇぞ？」

「そうなんだよな……うちなんて生まれたばかりの子供がいるんだぜ……」

敵は五千。この村の人口がせいぜい一万であることを考えれば、幾ら防衛戦とはいえ、あまりにも分が悪すぎるだろう。

なにせ住民の大半は戦闘経験のない者たちばかりなのだ。

と、そのときである。

ズゴゴゴゴゴゴゴゴゴゴゴゴゴゴゴゴゴゴゴゴゴゴゴゴゴゴゴゴゴゴ——

物凄い轟音が鳴り響き始めたのは。

「な、なんだ？　地震か？」

「まさかもう敵兵が!?」

「い、いや、違う！　あれを見ろ！」

「「なっ!?」」

一方、リーゼンから村へと逃げてきたダント一行もまた、不安に駆られていた。

「しかし、本当によかったのですか……？　もしこの村が落とされるようなことがあれば、ダント様はもちろん、ご家族まで……」

「……覚悟はできている。いや、それよりも私は信じているのだ。ルーク様と、この村のことを……」

「ダント様……」

「私にはルーク様がこんなところで敗れるようなお方だとは思えない。いつも我々の予想を易々と超えていかれたルーク様ならば、きっとこの逆境も乗り超えていかれるのではないか？　そう思えて仕方ないのだ」

ズゴゴゴゴゴゴゴゴゴゴゴゴゴゴゴゴゴゴゴゴゴゴゴゴゴゴゴゴゴゴゴ――

「「っ!?」」

そんな彼らも突然の揺れと轟音に驚き、ひっくり返りそうになる。

「い、一体何が……？」

「だ、ダント様！　あれを……っ！」

「〜〜っ!?」

◇　◇　◇

ラウル軍は荒野に向けて進軍を再開していた。

「それにしても本当にこの先に、これだけの兵士で攻めないといけないような街があるもんかね？　見たところどんどん寂れた地域に入ってきてるが……」

「は〜あ、やってらんねぇよ、ほんと。ついこの間、戦争から帰ってきたばっかりだってのによ。とっとと終わらせて帰りてぇな」

兵士たちの士気はあまり高くない。

急な召集だったことに加えて、今回はアルベイル家内における争いだ。勝ったところで旨味が少なく、また、領民にとってどちらが勝とうと支配者が大きく変わるわけではない。

　これでは士気が上がらないのも無理はないだろう。

　さらに彼らを戸惑わせていたのが、とある噂だ。

「おい、聞いたか？　昨日の夜、ルーク様が野営地のど真ん中に現れたんだってよ」

「え？　マジか？　どういうことだ？　もしかして降伏しに来たのか？　いや、それなら今こうして進軍してるはずもないか……」

「何でもラウル様と話をした後、忽然と消えちまったたって話だ」

「なんだそれ？　幻でも見たんじゃねぇのか？」

　大将の目の前まで敵の侵入を許し、あまつさえみすみす逃がしてしまったとなれば、戦いを前にして外聞が悪い。

　そこで昨晩のことは秘匿されることとなったのだが、どうやらすでに兵士たちの間では噂が広がっているようだった。

「あるいは、何か高度な魔法でも使ったか……」

「だとしたら思ったより厄介な戦いになるかもな」

「そもそもこれから攻め込むって街、ルーク様がたったの一年で作ったって話だろ？　実はとんでもない方なんじゃ……」

　そうした兵士たちの気の緩みや不安を察したのか、兵長たちが声を張り上げて叱咤しているが、それもなかなか効果は上がっていない。

「ちっ、どいつもこいつも……」

兵士たちの様子に苛立ちながらも、ラウルは捨ておくことにした。

彼自身、この戦いに勝つのに、これだけの兵数が必要だとは微塵も思っていない。

ただあの忌々しい兄に、今の互いの圧倒的な力の差を見せつけて、恐怖のどん底へと叩き落してやりたかったからだ。

「(だが昨晩のあれは何だ……っ!? どこからともなく飄々と現れ、消えやがって……っ！ それも泣きながら許しを乞うてくるかと思えば、まるで五千の兵など何とも思っていないようなあの態度だ……っ！)」

ギリギリと爪が食い込んで血が出るほど強く拳を握りしめ、戦いを前にラウルは誓う。

「ルーク、絶対にてめぇの顔を恐怖と絶望でぐちゃぐちゃに歪ませてやる……っ！ そうだな……まずはてめぇに与した馬鹿どもから痛めつけてやって……くくく、俺の目の前で泣いて詫びる姿が目に浮かぶようだぜ……」

と、彼が暗い感情で嗤っていた、まさにそのときだ。

先頭の方が何やら騒がしくなったかと思うと、慌てた様子で家臣の一人が駆け寄ってきた。

「ら、ラウル様っ……た、大変です……っ！」

「何だ？」

「こ、荒野にっ……荒野にっ……」

どうやら荒野に予想外のものがあったらしい。

だが報告が要領を得ないため、自らの目で見た方が早いだろうと、ラウルは跨っていた馬を走らせた。

そうして彼らを待ち構えていたのは――

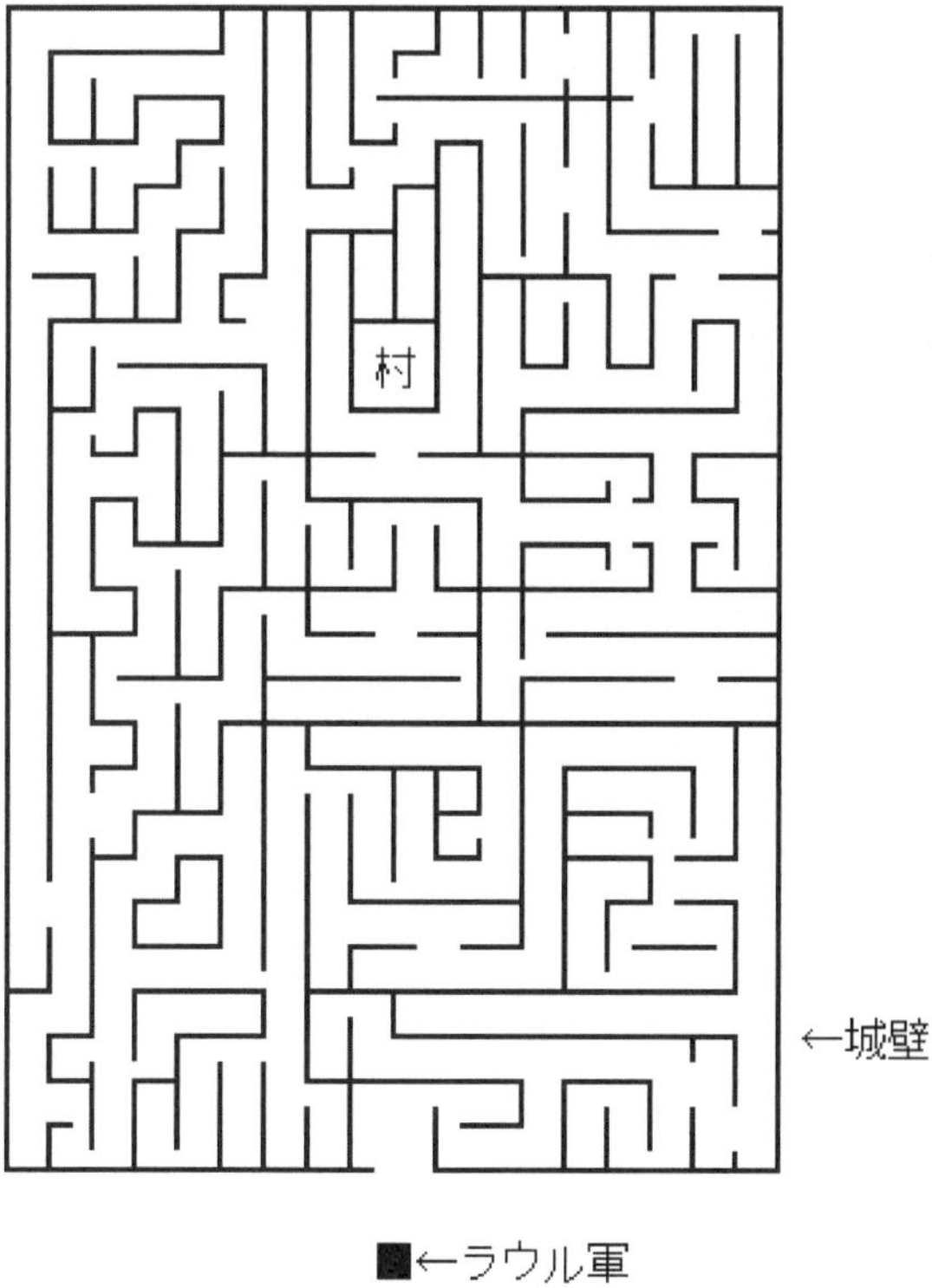

「…………………………………………………………………………は？」

◇　◇　◇

「ふう、完成。……うん、我ながらなかなか悪くない出来だと思う」

物見塔の頂上から荒野を見下ろしながら、僕は満足感とともに汗を拭った。

つい先日レベルアップしたことで、新たに作れる施設が増えた。

橋（30）　城壁（100）　図書館（300）　ホテル（400）　宮殿（500）

この城壁というのは石垣の上位版だ。

〈城壁：城や都市を護るための強固な防御壁。防衛側の士気向上・攻撃側の士気低下。形状の選択

が可能〉

同じく石製ではあるんだけれど、ずっと強度の高い石でできていて、さらに高さも厚さも今までの石垣を大きく上回っている。

高さはおよそ十メートル、厚みは五メートル。

城壁の上はもちろん人が行き来できるようになっていて、凹凸状の胸壁と言われる壁が付いている。兵士の落下や、敵の矢を防ぐためのものだ。

それがたったの１００ポイントならと、僕はこの城壁を利用し、村を守護する迷路を作り出してみたのである。

……結構、苦戦したけど。

「迷路を作るのって意外と大変なんだね。でも、これなら五千の兵を迎え撃つのに十分だよね？……あれ？」

振り返ると、みんなそろって言葉を失っていた。

最初に口を開いたのはセレンだ。呆れた様子で言う。

「十分どころか……もうこれ、反則じゃない？」

「そ、そうかな？」

「完全に相手の心を圧《へ》し折りにいってるでしょ……。私が指揮官ならこんな都市を攻めるのは絶対に御免だわ。そもそもこれ、村に辿り着けないようにしておけばいいんじゃないの？」

僕は首を振った。

「いや、それはさすがにズルいでしょ？　迷路なんだし、一応そこはちゃんとゴールできるようにしておかないとさ」

「何でそんなところで律義なのよ？」

セレンは呆れたように言う。

「は、ははは……ぼくは今、夢でも見ているのだろうか……」

と、引き攣った顔で笑うのはセリウスくんだ。

つい先ほどまでは、「ぼくは戦場でラウル様の強さを目の当たりにしたっ……すでに『剣聖技』のギフトを使いこなし、たった一人で戦況を覆してしまえるほどなんだ……っ！　幾らこの村に戦闘系のギフト持ちが多くとも、ラウル様にはどうあがいたって敵わない……っ！」って、ずっと言ってたんだけど。

「いや、生憎とこれは夢ではないぞ、セリウス殿。信じられぬなら頬を抓《つね》ってもいいが？」

「……っ、抓って……ほしい……です」

「よし、どうだ？　痛いか？」

「やっはりほへはゆへは……しははへ……（やっぱりこれは夢だ……幸せ……）」

「……？」

セリウスくんが幸せそうで何よりだ。

「さすがルーク様です！　僅かな時間でこれだけのものを作り上げてしまわれるなんて！」

一方、ミリアは逆に興奮してはしゃいでいる。

そうこうしている間に、ついにラウル軍が荒野へとやってきた。

目の前に現れた巨大な城壁に戸惑っている様子だ。そのまま引き返してくれても構わないのだけれど、きっとラウルの性格ならそんなことはしないだろう。

その予想は当たった。覚悟を決めたらしく、迷路内へと突入してきたのだった。

◇◇◇

ラウル軍のすぐ目の前にだけ、城壁が途切れた箇所があった。城門もなく、まるでご自由にお入りくださいと言わんばかりだ。

熟練の指揮官であれば、間違いなくもっと慎重な判断を下しただろう。

だがラウルは違った。まだ若いこともあるが、先日の初陣での大勝が彼の気を大きくしていたのだ。

「全軍、進め！　あそこから突入しろっ！　こちらは五千っ！　相手がどのような手を使ってこようが、正面から叩き潰してやれ！」

ラウルは声を張り上げ、戸惑う兵士たちに命令を下す。

そして城壁内へと突入したラウル軍は、すぐにその異常に気が付いた。また新たな城壁が立ちはだかっていたからだ。

さらに右にも左にも巨大な壁が存在している。

しかし四方を囲まれているのではなく、壁の一部が途切れており、どうやらそこから先に進むことができるようだった。

「ちっ！　城壁ごときで俺の進軍を止められると思うなよ！」

ラウルはそのまま兵を進めた。

右を曲がるとその先は行き止まりになっていたため、再び右へ、次は左にへ、また左へ……そうして左右どちらにも進める直線通路に出てしまう。

「くそっ！　何だ、これは!?」

さすがのラウルも戸惑い始めていた。

せいぜい何枚かの城壁が行く手を阻んでいるだけかと思っていたら、どうもそんな生易しいものではなかったらしい。

ついには袋小路に辿り着いてしまったことで、ラウルはこの城壁群の正体に思い至った。

「こいつ、迷路になってやがるのか……っ!?」

しかも城壁によって築かれた巨大迷路だ。

こんなものが一晩のうちに出現するなど、どう考えてもあり得ない話だ。

そろって幻覚を見せられているのかとも思ったが、帯同させた魔法使いに調べさせても、その様子はないという。

そもそもこれだけの人数を一度に幻惑するなど、不可能だと断言されてしまった。

「(まさか、これもすべて奴のギフトの力じゃねぇだろうな……？　もし本当にこんな真似が可能だとしたら、もはやこれまでとは戦い方そのものが一変しちまう……)」

それこそ確かな真実だったが、ラウルは首を振って否定する。

「(いいや、そんなはずはねぇ！　あいつのギフトは『村づくり』だ！　こんなもん、どう考えても村じゃねぇっ！　恐らく、奴の傍に相当な魔法の使い手がいやがるんだろう……っ！)」

一夜にして更地に要塞を作り上げたという、伝説の土魔法使いの話を思い出す。

どんな手を使ったかは分からないが、それに匹敵するような存在を、ルークが仲間に引き入れたと考えるのが自然だと、ラウルは決めつけた。

「(だが、これほどのものを築くのに相当な魔力を消耗したはず……っ！　その伝説の土魔法使いってのも、数日はロクに魔法を使えなくなっちまったって話だからな！)」

むしろこれはチャンスだと、ラウルは思い直す。

もしこのレベルの土魔法使いとまともに戦っていたら、かなりの苦戦を強いられていたかもしれないのだ。

しかし今ならこの城壁の迷路を突破しさえすればいい。

「全軍で動いていたら面倒だ……っ！　幾つかの部隊に分けて、正しいルートを探れ！」

ラウルは指示を飛ばす。

このまま五千の兵で進んでいては、迷路の攻略に時間がかかってしまうだろう。

そこで何隊かに分けることにしたのだ。

どこか一つの部隊でも迷路を抜けることができたなら、即座に全軍に正しい道順を伝えさせ、再び合流すればいい。

……結論から言えば、この判断は大きな失敗であった。


「どうやらこのルートは行き止まりのようだな……」

本隊から分かれ、ルート調査のために先行していたその総勢五百人ほどからなる部隊は、先が行き止まりになっていることを突き止めて、元来た道を引き返そうとしていた。

部隊を率いているのは、アルベイル家に長年仕えている家臣の一人だ。

「それにしても、一体これは何なのだ……？　城壁で作られた迷路など……我々は一体どんな敵と戦っているんだ……？」

大人しく上の命令に従いつつも、経験豊富な彼ですら、未だ遭遇したことのないこの事態を前に困惑の極致にあった。

自分たちは荒野に築かれた街を攻めるはずだった。それなのに、まだその街の姿すら見ることができていないのだ。

と、そのときである。

ズゴゴゴゴゴゴゴゴゴゴゴゴッ!!

「何だっ!?　地震か!?」

「た、大変です!　城壁が……っ!」

「っ!?」

部下が指さす方向に目をやって、彼は絶句した。

信じられないことに、この大迷路を構成している城壁の一部が、彼らの目の前で動き出していたのだ。

しかもそれは、彼らが入り込んだこの袋小路に、ちょうど蓋をしてしまうような形で。

「ぜ、全力で走れえええええええええっ!」

慌てて叫ぶが、もう遅い。

巨大な城壁が彼らの退路を完全に塞いでしまった。

「閉じ込められた……?」

◇　◇　◇

「うんうん、今のところ上手くいってるね」

物見塔の頂上から城壁迷路を見下ろしながら、僕は作戦通りに事が運んでいることを喜ぶ。

迷路内に入ってきたラウル軍は、こちらの思惑通りに動いてくれた。

正しいルートを探るため、幾つもの部隊を本隊から分けて先行させたのだ。

それが袋小路に入っていったのを見計らい、僕は城壁を動かしてどんどん閉じ込めていく。

結果、当初は五千いたはずのラウル軍も、気づけば千人ほどにまで数を減らしていた。

まぁ五千人で動いていたとしても、何度も道に迷って村に辿り着く前に疲弊してしまうだろうし、結局それも正解とは言えないんだけどね。

「……ちょっと敵ながら可哀想になってきたわ」

「そもそも好きなときに道を変更できる迷路など、もはや反則にも程があるだろう……」

セレンとセリウスくんの姉弟が、同情に満ちた目をして右往左往する兵士たちを見ている。

「でも、迷路としてはちゃんと攻略できるままにしてるから。それに閉じ込めれば閉じ込めるほど、ルートが減って攻略しやすくなってるはず」

「だから何でそこは律義なのよ……？」

「ちなみに地下道も使って、立体的な迷路にするという案も考えたんだけど、これはボツにしたんだ」

「それはもうダンジョンね……」

「さすがにこの短期間でそれを作り上げるのは無理だと思って」

「つまり時間があったら作ってたってこと……？」

◇◇◇

「ラウル様っ！　また先行していた部隊の一つと連絡が途絶えてしまいました……っ！」

「クソがっ！　一体どうなってやがる!?」

ラウルの苛立ちは頂点に達しつつあった。

先ほどから次々と上がってくる報告。それによると、ルート調査のために四散させた部隊のことごとくが、丸ごといなくなってしまったというのだ。

敵がどこに潜んでいるか分からないため、数百人単位で動かしていた。

たとえ奇襲を受けたとしても、十分に撃退可能な戦力であり、少なくとも本隊や他の部隊に応援要請をする前に全滅させられるなどあり得なかった。

「じ、実は……あまりに荒唐無稽な話ではあるのですが……」

「前置きはいい！　早く言え！」

「城壁が……動いたとの目撃情報が……」

「……は？」

ズゴゴゴゴゴゴゴゴゴゴゴゴゴゴッ……

ちょうどそのとき、どこからか地鳴りのようなものが響いてきた。

ラウルの乗る軍馬が、少し怯えたようにブルブルと鼻を鳴らす。

実は先ほどから何度も同じものが聞こえてきていたのだが、その正体にまったく見当がついていなかったのである。

「まさか、この音が……？」

「そ、そうかもしれません……」

ラウルの背筋を冷たいものが走る。もし城壁そのものが動くのだとしたら、この迷路を幾ら走り回ったところで、ゴールには辿り着けないのではないか――

「い、いや、そんなはずがあるかっ！　こんなものが動くわけがねぇだろうっ！」

「がっ!?」

ラウルは怒りに任せて、報告にきた兵士を蹴り飛ばしてしまった。

すでに本隊は千人ほどしかいない。しかもゴールに辿り着けるかも定かではない迷路内を移動し続け、心も身体も酷く疲弊していた。

それでもこのような場所で休息を取るわけにもいかなければ、引き返すという判断をラウルが許すはずもない。

大いに戦意を失いつつも、もはや彼らは前に進むしかなかった。

しかし、本隊が五百を切った頃だった。

ついに彼らは辿り着く。

「も、門だ……っ！」

「見ろ！　城門の向こうに建物が見えるぞっ!?」

「じゃあ、あれが街か……っ!?」

どういうわけか城門が開かれており、空き地の奥には武器を手にした総勢三百名ほどの集団が待ち構えている。

そしてその集団の先頭には、ラウルのよく知る人物の姿があった。

「ルーク……っ！　ようやく辿り着いたぜ……っ！」

無論、この状況に違和感を覚えないはずもない。

せっかく立派な城壁と門があるのだから、普通ならそれを活かして防衛戦を行うだろう。

それがわざわざ門を開け、こちらも五百を割ったとはいえ、たかだか三百程度の戦力で迎え撃つなど愚の骨頂である。

だが、ここまで散々怒りを蓄積させてきたラウルは、どんな罠が仕掛けられていようと正面から叩き潰すつもりで、兵士たちに命じるのだった。

「突撃いいいいいいいっ!!」

さらには馬に鋭く鞭を入れ、自ら先陣を切って突っ込んでいく。

――突如として地面が消失したのは、敵陣との距離があと二百メートルにまで迫ったときだった。

「ヒヒイイインッ!?」

「～～～～っ!?」

一体何が起こったのか、ラウルにもすぐには理解できなかった。

先ほどまで何もない更地を走っていたはずだった。なのに、いつの間にか乗っていた騎馬と一緒に水の中へ勢いよく落下していたのである。

「ぶはっ……み、水堀だとぉっ!?」

何らかの方法で、一見しただけでは分からないように細工されていたのかもしれない。

だが、振り返ったラウルは我が目を疑う。

水堀は彼の後方に、なんと百メートル以上にもわたって続いていたのである。

確かに先ほど馬とともにその場所を走ってきたというのに、だ。

突如として地面が水堀へと変化した。そう考えなければ説明がつかない。

そしてそれを証明するかのように、後に続いていた五百の兵たちもそろって水の中に落ちていた。

幸い水深は大したことないようだ。突然のことに完全に制御を失って暴れ回る馬を捨て、ラウルは泳いで水堀を進んでいく。

他の兵たちもそれに倣って泳ぎ始めた。

「ルークっ！　舐めた真似をしやがって……っ！」

ラウルが怒りに任せて叫んだ、次の瞬間だった。

今度は水が消失した。

「なっ……」

浮力を失い、兵たちがそろって地面に叩きつけられた。

ラウルは反射的に受け身を取ったが、多くの兵がその痛みと異常事態の連続にすぐには立ち上がることができなかった。

「どうなってんだよ……」

「もう嫌だ……」

「俺たちは一体、何を相手にしてるんだ……」

心が完全に折れてしまった兵もいる中、彼らに更なる悲劇が襲い掛かる。

堀の底で呻く彼らを狙い、四十人ほどの弓兵が弓を構えたのだ。しかも一様に見目麗しく、ずらりと並んだ姿は絵になりそうなほど壮観だった。

「エルフ……？」

「なんでエルフが……」

「そんなことより矢が来るぞっ!?　伏せろ～～～～っ!!」

矢が放たれた。狼狽えるラウル軍の兵士たちは、蓄積した心身の疲弊に、もはや迫りくる矢を前にして何ら有効な対処もできない。

結果、たったの一射で三十人を超える負傷者が出てしまう。

さらに間髪入れずに第二射が飛んでくる。

「走れっ！　強引に突破しろ……っ！」

兵たちを叱咤し、飛来する矢を剣で弾き飛ばしながら先頭を疾駆するラウル。

残った四百ほどの兵たちがその後を必死で追うが、堀の中から這い出すときには、すでに三百まで割り込んでいた。

それでもまだ、敵と同等の数はいる。

しかも残っているのは、先日の戦場でラウルとともに活躍した精鋭ばかりだ。

「はっ！　これだけいれば十分だっ！　奴らをぶち殺――」

「オアアアアアアアアアアアアアアッ!!」

ラウルの声を掻き消すほどの凄まじい咆哮が轟く。

横合いからラウル軍へと突っ込んできたのは、蜥蜴のような流線型の巨体。

「ドラゴンだとぉっ!?」

◇　◇　◇

ラウル軍が城壁で作った迷路を突破し、ついに村まで辿り着いた。

五千いた兵は十分の一にまで減少しているけれど、このまま激突したら両軍ともにただでは済まないと思う。

というわけで、僕はさらに幾つかの罠を仕掛けることにした。

まずはあえて村の中に誘《おび》き寄せておいて、以前、盗賊団を相手にやったように敵軍の地面に水堀を作り出す。

「急に地面が消失するのって、めちゃくちゃ怖いんですよね……」

「あれ以来、たまに夢で見ちゃうんですが、その度に漏らしてます……」

その元盗賊たちが当時のことを思い出したのか、青い顔をしている。

ラウル軍は一人残らず見事に水堀へと落ちていった。

まぁ、こんなのやられたら絶対に不可避だよね。

前回はこの水をセレンが凍らせようとしたけど、今回は水量も多いし現実的じゃない。

その代わりに、混乱からどうにか抜け出した彼らが泳ぎ始めたところで、水をすべて消してあげることにした。

兵士たちが堀の底に叩きつけられる。

「うわっ、今のも絶対トラウマものですよ……」

「今後、川を横断したりするときにも思い出すでしょうね……」

……なんだか虐めているみたいで、ちょっと罪悪感を覚えてしまう。

でも、向こうから攻めてきたんだし、仕方ないよね。

そう自分に言い聞かせて、僕は容赦なく指示を出した。

「フィリアさん、動きが止まってる今のうちに！」

「了解だ！」

エルフの弓兵たちが前に出て、一斉に矢を放った。

「走れっ！　強引に突破しろ……っ！」

ラウルが兵たちを叱咤し、矢の雨の中、堀から飛び出してくる。

フィリアさんが放った矢すら剣で斬り飛ばしていて、『剣聖技』ギフトの凄さをまざまざと見せつけられた。

敵兵は残り三百。かなり疲弊しているとはいえ、ラウルには勝算があるのだろう、勝ち誇ったように叫びながら突っ込んでくる。

「はっ！　これだけいれば十分だっ！　奴らをぶち殺――」

「オァァァァァァァァァァァァァッ!!」

……その前にツリードラゴンと戦ってもらうことになるけど。

第九章　激突

普段は村の畑が広がっている一帯に、武装した村人たちが集まっていた。

その数およそ三百。村の最高戦力である狩猟班に加え、元盗賊団を中心に構成された衛兵たちや従軍経験のある村人たち、それにこの村を拠点としている冒険者たちの姿もある。

しかし中にはごく普通の村人も含まれていた。

普通の村人と言っても、多くがこの村で新たに戦闘系のギフトを得た者たちだ。

ただ、そのほとんどが実戦経験を持たない。武器を手にしたことすら数えるほどしかないくらいである。

「本当に大丈夫なのかよ……。相手は熟練の兵士たちなんだろ……？」

「さ、さすがにあの城壁の迷路を超えては来れないと思うが……」

「それでも万一、戦うことになったら……うう、またお腹痛くなってきた……」

後方に配置されている彼らは声を震わせ、このまま何事もなく時が過ぎ去るのを祈った。

だがそんな彼らの願いも虚しく、ついに敵軍が現れてしまう。

「マジか!?」

「あれを突破してきたってのかよ……っ!?」

五千と言われていた兵は五百以下にまで減っていたが、それでもまだこちらより数が多い。しかも大半が騎兵だ。

「突撃いいいいいいっ!!」

「「～～～っ!?」」

何より彼らを恐怖させたのは、先陣を切ってこちらへと突っ込んでくる少年だった。

戦いの素人である彼らでも分かる。あれは別格。怪物だ。

その身から放たれる闘気や怒気が、これだけ離れていても伝わってくるほどで、気づけば足がガクガクと震え始めていた。

「ま、間違いないっ……あの少年が『剣聖技』のラウル様っ……」

「むむむ、無理だろ……っ!　あんな化け物、どうやって倒すってんだよ!」

しかもその大将の檄もあって、敵兵もここにきて戦意を盛り返し、猛烈な勢いでこちらへと迫ってきている。

ついに恐怖に負け、何人かが踵を返して逃げ出そうとしたときだった。

迫りくる軍勢が突如として姿を消した。

「「え?」」

どうやら巨大な水堀の中に落下してしまったらしい。そんなものがあっただろうかと首を傾げる村人たちを余所に、エルフの弓兵が矢を放っていく。

馬を捨てた敵兵が次々と堀から這い出してきたが、かなり数が減っている。

それでもまだ同数だ。安堵したのも束の間で、村人たちは慌てて武器を構える。

「こ、今度こそ来るぞっ！」

「やるしかねぇのか……っ！」

「オァァァァァァァァァァァァァァッ!!」

「今度は何だっ!?」

「って、ドラゴン!?」

巨大なドラゴンが雄叫びとともに敵兵へと躍りかかっていく。強烈な突進を受けて、屈強の兵士たちがあっさりと宙を舞った。

その様に唖然としつつ、村人たちは思わず呟く。

「俺たち、戦う必要ないんじゃ……？」

突如として自軍に襲いかかってきた巨体に、ラウルは我が目を疑った。

「ドラゴンだとぉっ!?」

だが、よく見るとその体表は木肌で、身体のあちこちから枝や葉っぱらしきものが生えている。

どうやらドラゴンに擬態した植物系の魔物、ツリードラゴンのようだ。

しかし幹の太さは十メートル以上、体長に至っては五十メートルをゆうに超えており、もはやドラゴンと比較しても決して引けを取らない迫力である。

それがラウル軍の横っ腹に突っ込んでくる。

「「ぐあああああああっ!?」」

兵士たちが紙屑のように吹き飛ばされた。

暴れ回るツリードラゴンを前に、歴戦の兵士たちですら成す術がない。

「一体どうなってやがる!?」

思わず足を止め、後方の地獄絵図を睨みながら叫ぶラウル。

周囲を高い城壁に護られたこの場所だ。ツリードラゴンといえど、簡単には入ってくることなど不可能なはず。

「まさか、『魔物使い』のギフト持ちがいやがるってのかっ!?　ちぃっ!　だがそれなら話は早ぇっ!　全軍、無視して敵陣に突っ込めぇぇぇっ!」

ツリードラゴンに対処するより、魔物を操っている張本人を倒す方が早いと判断したのだ。

後方の兵たちの大部分がツリードラゴンに蹂躙されているが、難を逃れたラウルを含む前方の兵がまだ百人はいる。

しかもただの百人ではなく、精鋭中の精鋭で構成された百人だ。

「「うおおおおおおおおおおっ!!」」

ゆえにここまで来てもなお彼らは勇猛果敢で、戦意を失ってはいなかった。

怒濤の如く敵陣へと激突していく。

そのときだ。先頭を駆けるラウルの前に、巨大な盾を構えた敵兵が立ちはだかったのは。

体軀こそ立派なものだが、まだ幼い顔立ちをしていて、ラウルとそう歳は変わらない少年だろう。

「邪魔だ……っ！　盾ごとそのでかい図体を斬り捨ててやる……っ！」

ここまで散々、敵にしてやられてきたのだ。自らこの反撃の狼煙を上げるべく、ラウルは渾身の一撃を叩き込まんと、身体の内から闘気を滾らせて躍りかかった。

その瞬間、相手が盾を構えたまま猛烈な勢いで突進してきた。

「なっ？」

予想外の動きに息を吞むラウル。

さすがの反射速度で即応し、すぐさま斬撃を繰り出そうとしたが、迫りくる相手の盾の方が僅かに早かった。

「シールドバッシュっっっ!!」

「〜〜〜っ!?」

気づけばラウルは思い切り弾き飛ばされていた。

「「ラウル様!?」」

先頭に立って敵陣に切り込んでいった大将が、跳ね飛ばされて戻ってきたのだ。

すぐ後方を走っていた兵士たちは愕然として思わず足を止めてしまう。

しかも『剣聖技』のギフトを持ち、先の戦場で無類の強さを誇ったラウルの存在があればこそ、彼ら精鋭たちもここまで士気を保ち続けられたのである。

そうでなければ、この前例のない戦いの途中でとっくに心が折れていただろう。

そんな大将が、たった一人の敵兵に弾き返されたのだから、兵士たちの間には大いに動揺が走った。

「ば、馬鹿なっ……この俺がっ……」

ようやく身を起こしたものの、自分の身に起こったことに戸惑いを隠せないラウル。

その隙を突くように、敵の大将――ルークが号令を下した。

「みんな準備はいい!? よし、突撃っ！」

「「おおおおおおおおおおおおおおっ!!」」

凄まじい鬨の声を轟かせ、混乱して動きを止めていたラウル軍へと攻めかかってきた。

「む、迎え撃てぇぇぇっ！」

ラウルが慌てて叫んだときにはもう、両陣営が激突していた。

敵は三百。

一方こちらはもう百程度しか残っていないものの、歴戦の強者たちだ。

戦闘系のギフトを持つ兵士も多く、幾ら不意を打たれたとはいえ、移民を集めただけの烏合の衆に負ける要素など絶対にない――はずだったが。

「ぐあっ!?」

「ぎゃあ……っ!?」

「な、なんだ、こいつらっ!?　強すぎぶごっ!?」

ラウル軍が完全に圧倒されていた。

それも単に敵の方が数で勝るから、というだけではない。一対一ですら、ラウル軍の兵士たちが押されているほどなのだ。

「な、何者だ、貴様はっ!?　ギフト持ちの私と互角に渡り合うなど……っ！　名のある武人がこんな荒野に隠れていたというのかっ？」

「いや、ただの村人なんだが……」

「ただの村人がそんなに強いわけないだろう……っ!?」

ギフト持ちの兵士ですら、敵兵に苦戦してしまっている。

一方、そのただの村人たちの方も驚いていた。

「「あれ……？　敵兵、思ってたより、弱い……？」」

戦闘経験のある者たちはもちろんだが、そうではない者たちでさえ、互角以上の戦いを見せている。中にはギフト持ちの敵と、伯仲した戦闘を繰り広げる未経験者までいた。

「というか、俺たちが強すぎるんじゃ……」

「そうだ！　我々もやれるぞ！」

「ああ！　これなら十分戦えるぜ！」

初陣前に逃走しそうになっていた村人たちも、すでに怯えの感情など一切ない。これがギフトの効果なのかと、その恩恵に興奮しながら襲いくる敵を打倒していく。

無論、武器の性能も彼らを後押ししているのだが、実はそれだけではない。

ルークが「村人強化」というスキルを使っているのだった。

◇　◇　◇

村人の数が一万人を超え、レベルアップしたときに習得したスキル「村人強化」。

これは簡単に説明すると、一時的に村人のステータスを上昇させるというものだ。

強化レベルに応じて持続時間が異なっているのだけれど、例えば能力を二倍にすると、持続するのは五分ほど。一・五倍だと十分くらいだろうか。

そしていったん切れてしまうと、その後、一時間ほど再使用が不可能になる。

同時に何人まで、という制限はない。だから集めた三百人全員を一度に強化することも可能だった。

「邪魔だ……っ！　盾ごと、そのでかい図体を斬り捨ててやる……っ！」

「村長を、護る！」

「(ノエルくんを強化！)」

迫りくるラウルに立ち向かっていくノエルくんへ、僕はその村人強化を施す。

ノエルくんは『盾聖技』のギフトを持っていて、素の状態でも十分な強さなので、ラウル相手でも一・二倍くらいで十分だと思う。

「シールドバッシュっっっ!!」

「～～～っ!?」

ノエルくんがラウルを大きく吹き飛ばした。

まさか『剣聖技』ギフトを持つ大将がこんなにあっさり弾き返されるとは思っていなかったのか、敵兵が愕然として足を止める。

すかさず僕は号令を出した。

「みんな準備はいい!?　よし、突撃っ！(みんなを強化！)」

「「「おおおおおおおおおおおおおっ!!」」」

一・五倍に強化された村人たちが、雄叫びとともに敵陣へ襲いかかった。

相手はここまで残った精鋭の兵士たちだろうけれど、その疲労はすでにピークに達しているはずだ。対してこちらの体力は満タンだし、ドワーフ製の強力な武器を装備して、しかも各々が一・五倍に強化されているのである。

当然のように敵軍を圧倒してくれたのだった。

「あ、あり得ねぇっ！　一体どうなってやがる……っ!?　こんな荒野の街に、これだけの戦士たちがいるなんてっ……」

信じられないとばかりに声を荒らげるラウル。

「ラウル、見ての通りあなたに勝ち目はないわ。これ以上は無駄な戦いよ。すぐに降伏を宣言しなさい」

「っ……てめぇはっ……セレンっ！　やはりルークのとこにいやがったのか……っ！」

困惑のあまり動きが止まっていたラウルへ、降伏を勧告したのはセレンだ。

「黙れっ！　まだ俺は負けてなんかいねぇ！」

「負けてないって……この状況を見て、よくそんなこと言えるわね？」

そんなやり取りをしている間にも、ラウル軍の精鋭たちが次々と倒れていく。もはや勝ち目がないのは、誰が見ても明らかだった。

「ぐ……なんて、強さだ……」

「どこがただの村人だよ……ガクッ……」

「ラウル様……申し訳、ありません……」

一方で、村人の負傷者はほとんどいない。

いたとしても、エルフたちの回復魔法ですぐに治療されていくため、戦力を減らしていくのはラウル軍だけだ。

「つーちゃん、お疲れっす！　もう大丈夫っすよ！　ありがとうっす！」

「～～～～♪」

ネルルに誘導されて、後方の兵士たちを散々蹂躙し切ったツリードラゴンが満足そうに畑へと帰っていった。

ここまで来た兵士のうち、半分以上を倒す大活躍だ。

ラウル軍はもはや壊滅寸前である。

「元々五千もいたのに、この有様よ。誰がどう考えてもあなたの敗北でしょ」

「う、うるせぇ……俺は……俺はっ……あいつにだけは、絶対に負けるわけにはいかねぇんだよおおおっ！」

「っ!?」

突然、ラウルが咆哮を轟かせたかと思うと、その全身が謎の光に覆われていく。

「ルークううううっ！　戦いはまだ終わってねぇぇぇぇっ！　てめぇをぶち殺せばっ……俺の勝ちだ

ああああああああっ!!」

血走った目で僕を睨み、ラウルが全身を発光させたままこちらへと猛スピードで突っ込んできた。

「な、なんという凄まじい闘気だっ！　ルーク殿っ！　すぐに避難をっ！」

フィリアさんの叫び声が聞こえてくる。

と同時に彼女が放ったらしい矢がラウルに直撃したけれど、なぜか矢の方が粉々に砕け散ってしまった。

なに今の!?　もしかしてその闘気ってやつの力っ!?

「村長っ！」

僕の前に割り込んできたのは、ノエルくんだ。先ほどと同様、ラウルを弾き返そうと、盾を構えたまま突進していく、

「シールドバッシュっっっ!!」

「俺が二度もやられると思うなぁぁぁっ！」

凄まじい轟音とともに激突する。今度はラウルが吹き飛ばされたりはしなかった。

それどころか拮抗し――いや、ラウルが押している!?

慌ててノエルくんの強化倍率を上げようとしたけれど、遅かった。

「～～～っ!?」

「ノエルくん……っ!?」

弾き飛ばされたのはノエルくんの方だった。

少し速度は落ちたものの、ラウルはそのまま僕の方へと向かってくる。

僕を護る人は誰もいない。もはや絶体絶命――なんてことはなくて、
ズゴゴゴゴゴゴゴゴゴゴゴゴゴゴッ!!

僕は目の前に城壁を作り出していた。

直後に、**ドオオンッ!** という爆音が響いて城壁が揺れたので、恐らくラウルが壁の反対側に激突したのだろう。

ちょっ、衝撃凄すぎ!

あのまま突進を喰らっていたら、僕なんて一溜りもなかった。

でも、さすがにこの分厚い城壁をぶち破ることは不可能だったみたいだ。

力尽きてしまったのか、マップ機能で確認してみると、ラウルはちょうど城壁の半ばまでめり込んだところで止まっている。

「く、クソが……俺はまだ……負けて、ねぇ……」

あ、動き出した。

どうやらラウルはまだ戦意を失っていないらしい。

一体なにがそんなに彼を突き動かしているのか。僕には分からないけれど、生憎と僕だって負けてやるわけにはいかないのだ。

ゴゴゴゴゴゴ――

僕はたった今作り出したばかりの城壁に施設カスタマイズを使い、ゴーレムへと変形させた。

「…………は？」

突如として目の前に現れた巨大な人型のゴーレムに、ラウルが呆けたように口を開ける。

先ほどの発光はすでに収まりつつあって、動きも緩慢になっていた。

「ラウル、悪いけど、君の負けだよ」

ゴーレムが拳を振るう。咄嗟に剣でガードしたラウルだったけれど、そのまま十メートルくらい先まで吹き飛んでいく。

「い、いや、だ……俺は……てめぇに、だけは……負けられ……ね……ぇ…………」

地面を何度も転がり、もはやボロボロのラウル。諦めずに必死に立ち上がろうとするけれど、さすがに限界だったようだ。

僕に向かって手を伸ばしたまま、意識を失ってしまった。

第十章　戦いのあと

冒険者である俺たちにとっても、ここは素晴らしい村だった。

美味しい食べ物に清潔な寝床、そしてすぐ目の前にダンジョンがあって、毎日しっかりと稼ぐことができる。

何より俺たちに祝福を受けさせてくれ、ギフトを与えてくれた。

お陰でここに来たときとは比べ物にならないくらい、強くなることができた。

だから戦うことを決断したのだ。

今の俺たちなら、並の兵士が相手であれば一人で百人は倒せるだろう。

そう意気込んでいたのだが――

「……なんか、呆気なかったわね。五千の兵が攻めてくるって聞いたときはどうなることかと思ったけど」

「そうだな……」

拍子抜けしたように言うハゼナに、思わず同意する。

敵の大将が捕まり、戦いは終わった。

しかも圧勝だ。俺たちのパーティに至っては誰も傷一つ負っていない。

「そもそもここまで辿り着けた兵士が五百もいなかったからな……。てか、何なんだよ、あの城壁の迷路は……朝起きてみたらいつの間にか出現してるしよ……」

「ルーク村長、もちろん凄い人だとは思ってたけど……」

どうやら俺たちの認識は間違っていたらしい。

……ルーク村長、マジやべぇ。


「は、ははは……少しでも心配していた私が馬鹿みたいだな……」

村の中心に設けられた物見塔の上から、私は一部始終を見ていた。

護衛のバザラたちは戦場に送り込んだため傍にはおらず、ここにいるのは私の他に、ルーク様のメイドであるミリア様など、ごく少数だ。

『剣聖技』のギフトを持つラウル様が率いる、五千の兵。

それをルーク様は歯牙にもかけなかった。

兵の大半を失いながらも、あの城壁迷路を突破してきたときには少々焦ったが、それも杞憂に終わった。

恐らくルーク様がギフトで作り出したのだろう、瞬間的に出現した水堀で敵の突進と戦意をあっさり挫いてしまうと、

「前から畑にあったあの巨大な木……まさかツリードラゴンだったとは……」

それがいきなり敵軍に襲い掛かったのだ。

あんな魔物まで飼っていたなんて……。

最後はついに両軍が激突することにはなったが、それも相手を圧倒。

自軍にはほとんど負傷者は出ず、決死の覚悟でこの戦いに臨んだバザラに至っては、すでに手負いだった敵兵一人を攻撃し、気絶させただけだった。

……後でしっかり労ってあげよう。

ともかく、これで私も、我が一族も助かった。最後まで猛反発していた妻も、これでどうにか許してくれるはずだ。

「下手をすれば処刑される前に、妻に殺されるところだったが……」

北郡の代官という地位は失うだろうが、それも些末なことだ。これからは家族とともにここで暮らすことにしよう。

発展を続けるこの村が今後どうなっていくのか、ぜひともルーク様の傍で見てみたい。

そしてできることならば、代官としての経験を活かし、私も村のために貢献していきたいと思う。

◇　◇　◇

「で、出鱈目すぎる……」

セリウスは呻くように呟いた。

彼にとっては、戦いが終結したことへの喜び以上に、驚愕の方が勝っていた。

姉からは実家に帰るように言われていたが、結局この村に残ることにしたのだ。

もちろんただ見ているだけではなく、状況次第では自分がラウルと戦う決意もしていた。

結局そんな状況にはならず、最後まで物見塔の上に待機したままだったが。

それにしてもこの物見塔、明らかにおかしい。

というのも、ここに立っていると、遥か先の地面に転がる小さな石ころが、表面の凹凸すら分かるくらい鮮明に見えてしまうのだ。まるで視力が何倍にもなったかのようである。

お陰で、弓を手に戦場に立つ彼女の凛々しい顔がくっきりと見えてしまい、何度も「今はそんなことしてる場合じゃない！」と必死に視線を逸らす努力をしなければならなかった。

「っ？　あれは……」

そのとき彼の強化された視力が、荒野の向こうから近づいてくる一団を捉えた。

武装した集団だ。もしかして敵の援軍だろうか。

しかし先頭を行く人物に、セリウスは見覚えがあった。いや、見覚えどころではない。

「ち、父上っ!?」

「急げっ！　急ぐのだぁぁぁっ！」

セデス＝バズラータは叱咤の声を張り上げていた。

背後には彼が率いる領兵がおよそ五百。その多くが歩兵で、先頭を進む領主の速度に懸命についていく。

彼らが向かっているのはアルベイル領北方の荒野だった。

「くっ……すでに戦いは始まっているはず……どうにか街が陥落する前に辿り着かねば……」

バズラータ領から慌てて出兵したのには訳があった。

セデスの子供二人がいる荒野の街に向かって、アルベイルの次期当主ラウルが、五千もの兵を率いて進軍しているとの報告を受けたからだ。

(これほど焦っておられるセデス様は初めてだ……。しかしそれも当然、下手すれば二人もお子様を失うかもしれない……。もちろん、この寡兵《かへい》では戦況を覆すのは難しいだろうが……。なにせ相手は『剣聖技』ギフトを持つラウル様なのだ。しかも五千の兵……)

すぐ傍を行く家臣が、セデスの心中を慮りながら覚悟を決める。

(それでも、命を賭けて最後まで戦い抜いてみせる……っ！)

一方、そんな家臣の内心など知る由もなく、セデスは焦燥に駆られて叫んだ。

「もし二人がルーク様側に付いていることが発覚したら、我がバズラータは一巻の終わりだ！　何としてでも街が陥落する前に、援軍としてラウル様に加勢するのだ！　そうすれば、バズラータとしては辛うじて許してもらえるやもしれぬ！」

（えっ？　そっち!?）

てっきり子供たちを助けるため、アルベイルと対立する道を選ぶのかと思いきや、どうやら逆だったようだ。

（我が子を捨ててまで保身に走るとは……。い、いや、もしくはここでラウル様に協力しておいて、二人の助命を乞うつもりかも……そ、それだ！　きっとそうに違いない！　同時にバズラータ領も護ることが可能な一挙両得の策……さすがはセデス様……）

そうして強行軍の末に、ついに彼らは目的の荒野へと辿り着いた。

だがそこで彼らが見たものは、

「……な、何じゃありゃあああああああっ!?」

荒野を縦断するほどの巨大な城壁である。この国の王都を守護する城壁ですら、あれほどの規模ではない。

そんなものがなぜこんな荒野に存在しているのか。

「ルーク様の街はあの城壁の中にあるということか……？」

見たところラウル軍の姿はない。すでにあの城壁を突破してしまったのだろうか。

「セデス様！　あそこをご覧ください！」

配下の指摘でセデスは気づく。

城壁の一部が途切れ、しかも門も何も設けられていないため、自由に出入りできる箇所があることに。

「え？　あれでは城壁の意味がないではないか……」

ますます困惑していると、そこへ城壁の中から馬に乗って飛び出してくる者がいた。

「父上！」

「セリウス!?」

息子のセリウスである。

戦いの真っ最中になぜここに……という当然の疑問をセデスは抱く。

「まさか、もう戦いは終わってしまったのか……？　くっ、やはり遅かったか……。……あれ？　しかしそれならなぜセリウスがここに……？　そ、そうか、きっと戦況を読んでラウル様側に鞍替えし……」

「いえ、父上、戦いにはルーク殿が勝ちました。もちろん姉上も無事です」

「な、何だって!?」

予想を大きく覆す結果に、セデスは驚愕するしかなかった。

「(ルーク様が勝利した!?　そんな馬鹿な!?)」

「父上、もしかして加勢しに来てくださったのですか？」

「……え？」

「下手をすれば領地を危険に晒すことになるというのに……姉上とぼくのために……」

「あ、ああ！　そうだな！　もちろん、お前たちのために私は意を決し、駆け付けたのだ！」

「父上……勝手に領地を出ていったぼくたちのために……」

感じ入って瞳を潤ませるセリウスだったが、セデスは冷や汗を掻いていた。

「(……言えぬ……本当は子供たちを犠牲にしてでも、ラウル様に加勢するつもりだったとは……。し、しかし、それもこれもわしを裏切ったこやつらが悪いのだっ！　……む？　だが結果的にルーク様が勝ったということは、二人の選択こそが正しかったことに……。よ、よし、二人のことを最初から信じていたことにしよう、うん)」

◇　◇　◇

「それではベルリットさん、後のことはよろしくお願いします」

「分かりました！」

気を失った敵の大将を連れて、私は村の方へと戻っていく村長を見送る。

あの大将はどうやら村長のご兄弟らしく、今回の戦いは貴族の跡目争いのようなものだったそうだ。

その辺りの事情はよく知らないが、ともかく五千もの兵がこの村へ進軍してきていると聞いたときは肝を冷やした。

一晩の間に城壁の迷路が築かれたことで、「あ、これはまた大丈夫なやつだ……」と勝利を確信したが。

我らが村長は本当にとんでもないお方である。

すでに戦いは終わり、敵兵はとっくに武器を捨てて降伏の意思を示していた。元より壊滅状態だった上に、大将までもがやられてしまったのだから当然のことだろう。

私は声を張り上げ、彼らに呼びかけた。

「ではこれより負傷者の治療を行う！　重傷の者を優先するゆえ、いたら教えてもらいたい！」

「お、俺たちまで治療してくれるのか……？」

「そうだ！　それが村長のご意向である！」

そもそも怪我をしているのはほとんど敵兵だけだ。味方は負傷者が出るたびにエルフたちが治療を施していたため、すでに負傷者はいない。

「え、エルフだ……初めて見た……」

「そんなことより早く怪我を見せてください。すぐに治しますから」

エルフたちを中心に構成された治療チームが、負傷した敵兵を次々と治していく。

それにしても彼らの回復魔法の性能には驚かされる。その美貌に見惚れているうちに治療が終わってしまうほどだった。

「五千の兵をあっさり撃破した上に、敵に対するこの慈悲……」

「しかもこんな街をあっという間に作ってしまわれるほどの手腕の持ち主ときた……」

「やっぱルーク様に次期当主になっていただきたいな……」

敵兵からそんな声が聞こえてくる。

はっはっは、ルーク村長の偉大さがようやく分かったか！

しかし残念ながら村長は、領主になる気などないらしい。あんな戦闘しか能がない男などより、村長の方が遥かに領主に相応しいし、きっと素晴らしい領地になるだろうに……。

まぁ村長自身にその意思がなかったとしても、いずれは……。

「だいたい治療は終わったようだな。それでは私に付いてくるように！」

「「「……？」」」

首を傾げている兵士たちを案内し、村の方へと連れていく。

そして村の一画に設けられたその場所で立ち止まる。

そこにあったのは新築のマンション群だ。

だがまだ誰も住んでいない。長旅と戦闘で疲労しているだろう彼らを慮り、兵士たちが宿泊できるようにと、村長がわざわざ新しく建設してくださったのである。

しかもちゃんと五千人が十分に寝泊まりできる規模だ。

「な、何だ、この巨大な建築物は……」

「まるで城壁……いや、それ以上では……？」

すべて五階建てのマンションで、城壁よりも高い。それが三十棟以上もずらりと並んでいる様は壮観で、兵士たちが唖然としている。

いずれまた人口が増えて必要になることも見越しているのだろうが、村を攻めてきた敵のためにこんな配慮ができるなんて、村長の心の広さには感服するしかない。

「諸君らもお疲れのことだろう。今日のところはこの建物で休んでくれ」

そう説明しながら、私は内心でワクワクしていた。このマンションの快適さを知ったときの彼らの反応に。

「(たった一晩でも味わってしまえば、きっとこの村から離れたくなくなるだろう……ふっふっふ……)」

◇◇◇

謎の建造物へと立ち入った兵士たちは驚愕していた。

「これ見ろよ！　水もお湯も簡単に出るぞ!?」

「いつでもお風呂に入れるってのは本当だったのか……？」

「各部屋にキッチンやトイレまで付いてるぞ！」

「このベッド、ふかふかでめちゃくちゃ気持ちいい……な……すうすう……」

「おい、寝るな！　今聞いたら食事が用意されてるんだってよ！　食えなくなるぞ！」

一晩どころか、彼らは一瞬で虜になってしまっていた。

◇　◇　◇

「一体いつになったら出られるんだ……」

率いていた部隊が城壁によって閉じ込められてしまい、その騎士はどうすることもできずに呻いていた。

アルベイル家の家臣である彼は、先日のシュネガー家との戦争にも参戦している。

そこでラウルの力を目の当たりにしていたため、今回の戦いは楽勝だろうと踏んでいた。

だが蓋を開けてみればこんな状況である。

少し前にどこからか魔物の雄叫びのようなものが聞こえてきたときは、魔境に棲息している魔物が襲い掛かってくるのではと戦々恐々としていたが、今は静かなものでそんな気配はまったくない。

気づけば彼も兵士たちも、退屈のあまり地面に座り込んでしまっていた。

『聞こえるか？』

「っ!?」

不意にどこからともなく声が響いてきて、彼は思わず周囲を見回した。

『近くにはいない。お前の頭に直接話しかけているからな』

「頭に直接……？」

何らかの魔法か、あるいはギフトだろう。

敵の中にはそんな力を持つ者がいるのかと、彼は警戒を強めた。

『戦いは終わった。お前たちの大将は捕らえられ、本隊はすでに降伏している』

「な、なんだと……っ!?　う、嘘を言うな！　ラウル様が負けるはずはない……っ！」

告げられた内容に衝撃を受け、思わず叫んでしまう。

兵士たちが騒めき始める中、彼はこれが敵の罠ではないかと睨み、

「分かったぞ！　そうやって動揺を誘おうという魂胆だな!?　その手には乗らぬぞ！」

『動揺を誘うもなにも、どうせ城壁に閉じ込められて何もできないだろう。わざわざそんな面倒な真似をすると思うか？』

「ぐ……」

正論を言われ、あっさりと反論できなくなる。

『もしそこから出たいなら命令に従うんだな』

「め、命令、だと……？」

『まずは全員、身に付けている武器を外して一か所に集めろ。……従いたくないというならそれでも構わないが、そのうち餓死者が出るだろうな』

「くっ……」

先ほどつい声に出してしまったせいで、すでに兵士たちが「ラウル様が負けた？」「じゃあ戦いは終わりか」「ここから出してもらえるんだろうか？」などと喜び始めている。

もはや士気を保つことなど不可能で、他に選択肢などなかった。

「分かった……降伏しよう」

彼が命じると、兵士たちはすぐに武器を捨てた。

元から戦いの大義が怪しかったことに加え、他の部隊と分断され、城壁によって閉じ込められるという前代未聞の状況だ。反抗するものは一人もいなかった。

ズズズズズズズ……。

「じょ、城壁が……っ！」

「やっと出られる！」

彼らを閉じ込めていた城壁が動き出し、ようやくこの閉鎖空間から脱出することができた。

その後は謎の声に従って複雑な迷路内を進んでいくと、やがて街が見えてくる。

「何だ、あの巨大な建造物群は……？　こ、これが本当にたった一年で荒野に築かれた街なのか……？」

予想外の連続に、彼は眩暈すら覚えた。

「いや、そんなことより、本隊や他の部隊は……」

『心配するな。そこを真っ直ぐ進んでいけば合流できる』

「……わ、分かった」

警戒しつつも大人しく指示に従う。そしてその先で彼が見たものは――

「この肉マジでうめえええええっ！」

「こっちの豚もめちゃくちゃ美味しいぞ！」

「肉だけじゃねぇ！　野菜も信じられねぇ美味さだ！」

――バーベキューを満喫する仲間たちの姿だった。

「は……？　な、何をしているんだ、これは……？　じゅるり……」

漂ってくる香ばしい匂いに、自然と口から涎が溢れてくる。

『見ての通りバーベキューだ。もちろんお前たちの分も用意されている。好きに食べてもらって構わない』

「なっ……」

そこへ見慣れた者たちが声をかけてきた。

「おお、ペル殿！　貴殿も来たか！」

「早く食べねぇとなくなっちまうかもしれねぇぞ！」

「っ！　シェル殿！　それにバイデン殿も！」

旧知の騎士たちだ。彼らも別の部隊を率いていたはずだが、どうやら先んじて降伏していたらしい。

「こ、これは一体どういうことなんだ……？　じゅるり……」

「どうもこうも、ルーク様の計らいだ！　むしゃむしゃ。俺たちがロクに飯も食わずに来たと知ってか、わざわざ用意してくださったんだぜ！　むしゃむしゃ」

「食べるか話すかどちらかにしろ……じゅるり……」

「ペル殿こそ、涎を抑えられてないぞ」

今回の戦いは強行軍だったこともあって、十分な食糧が用意されていなかった。そのためどの兵士もかなり空腹に襲われていたのである。

「そんなことよりペル殿、早く部下たちに許可を与えた方がよいぞ。判断が遅れれば遅れるほど恨まれてしまう」

「っ！」

言われて振り返ってみると、部下たちが物凄い顔で彼を見ていた。

幾ら腹が減っていて目の前に焼かれた肉があると言っても、直属の上官を無視して勝手に食べ始めるわけにはいかないからだ。

このままでは恨まれるどころか呪い殺されかねない。

彼は慌てて叫んだのだった。

「ぜ、全員、食事を許可する！」

「「「うおおおおおおおおおおおっ!!」」」

第十一章　兄弟

同じアルベイル侯爵の子供と言っても、側室の息子だったラウルの扱いは、正室の子であるルークとはまるで違っていた。

ルークの御祝い事は、いつだって盛大なものだった。豪華な料理に、高価なプレゼントの数々。必ず領内の有力者たちが挙《こぞ》って集まり、口々にその輝かしい未来に祝杯を上げていた。

一方、ラウルのそれは常にささやかなもので、普段の食事にちょっとしたケーキが付いている程度。プレゼントだってルークの十分の一もない。

「ああ、可哀想なラウル。本当ならあなたが次期当主だったはずだったのに……」

ラウルは母親からいつもそう聞かされていた。

アルベイル侯爵の正妻がなかなか子宝に恵まれず、それゆえメイドだった彼女に白羽の矢が立ったのが、ラウルが生まれる一年ほど前のことだ。

下級貴族の出で、当然ギフトなど持っていなかったが、それでも妊娠が発覚すると、ついに当主に世継ぎが誕生したと城中が歓喜に包まれた。

だがそれも短い間だった。僅か数日後に正妻が懐妊したことが分かり、数か月後にはルークが生まれてきたのである。

その結果、ラウルが次期当主になるという芽はほぼ潰えてしまった。

さらには後から誕生したはずのルークが兄となり、ラウルは弟ということにされてしまったのだ。

「ごめんね、ラウル……。もしお母さんの家柄がよかったら……もしギフトがあったら……。お前が次期当主の座を奪われることもなかったかもしれないのに……」

「……」

申し訳なさそうに謝ってくる母親に、ラウルはいつも何も言えなくなってしまうのだった。

だから必死に努力した。

毎朝、使用人と変わらない時間に起きては、一人で剣を振り続けたのだ。

ルークと違って教師を付けてもらえず、来る日も来る日もただ我武者羅に素振りをする毎日。

強くなれば、いずれ父親や城の大人たちに認められ、ルークから次期当主の座を奪い返すことができるかもしれない。

幼いながら、そう頑なに信じて。

そうした頑張りのかいもあって、ついに剣の教師がいるはずのルークとの手合わせで、ラウルは圧勝してしまう。

しかしそれを嬉々として父であるアルベイル侯爵に報告するも、

「『剣聖技』を授からなければ、今いくら強くなろうが何の意味もない。ルークが祝福を受ければ、すぐに力の差など逆転するだろう」

まったく見向きもされなかったのだ。それどころか、ただの努力など無駄だと、はっきりと否定されてしまう。

「何でだよ……っ!?　何で全部あいつがっ……あいつのせいで……っ！」

幼い彼の心は、ただひたすらルークへの怒りと嫉妬で満たされていく。

そんな彼の呪詛が、神にまで届いてしまったのか。状況が一変したのが、二人が十二歳になったとき。

祝福の儀式だった。

「ルーク＝アルベイル様のギフトは……む、『村づくり』です……」

ルークが『剣聖技』を受け継ぐことができなかったのだ。しかも代わりに与えられたのは、どう考えても外れとしか思えない『村づくり』というギフト。

「ラウル＝アルベイル様のギフトは……な、なんと！　『剣聖技』です！」

それどころか、逆に可能性が低いと思われていたラウルが、『剣聖技』を授かってしまったのである。

これまでルークばかりを贔屓していた父が走り寄ってきて、今まで見せたことのない笑みを浮かべて喜べば、母親は嬉しさのあまり泣き崩れる。

その日から、周囲のラウルに対する態度がガラリと変わった。

日陰に追いやられていた母親も、次期当主の母として城内での立場が一変した。

やがて忌まわしいルークを追い出すことに成功したラウルは、瞬く間に『剣聖技』のギフトの力を自分のものにしていくと、初陣でアルベイルの命運を決する重大な戦いに参戦。そしていきなり圧倒的な戦果を上げた。

その功績を侯爵から大いに評価されて、アルベイル領の管理を一任される。

もはやラウルがアルベイル家の次期当主になることを、疑う者など一人もいなくなっていた。

「王都のそれに勝る二重の城壁に、一万に迫る人口……？　さらにはダンジョンだと……？　で、出鱈目だ！」

そんな中、彼の耳に入ってきたのが、荒野に追放したはずのルークが、この短期間に信じがたい規模の街を築き上げたという話だ。

もちろん最初は信じていなかったが、次第にそれが本当らしいという情報が集まってくる。

「ルーク……っ！　てめぇはまたこの俺の邪魔をしやがるつもりか……っ!?」

生まれた直後に奪われた次期当主の座。

せっかく取り戻したというのに、再び奪われてしまうのではないか？

そんな恐怖が、ラウルを決心させた。そして自ら五千の兵を率いて、ルークを討つため領都を発ったのだ。

だが彼を待ち受けていたのは悪夢の連続だった。

城壁で築かれた巨大迷路。次々と消えていく兵士たち。突如として現れ、兵たちを襲った水堀に、ツリードラゴンの襲撃。

どうにかそれを突破したと思えば、精鋭兵が移民ばかりの相手に圧倒され、自分もたった一人の少年に吹き飛ばされた。

奥の手を解放し、せめてルークだけでも討とうと躍りかかったが、それもどこからともなく出現した城壁によって阻まれてしまう。

さらにはラウルのすぐ目の前で、その城壁が巨大なゴーレムへと変形していく。

「(一瞬で城壁をっ……土魔法、なんかじゃねぇっ……まさか、あれもこれも、全部こいつのっ……『村づくり』の力だっていうのかよ……っ!?)」

もし外れギフトだと思われていた『村づくり』に、こんな力があると父親が知ってしまったなら。

しかもラウルが戦いを挑み、敗北を喫したことが知られてしまったら。

またルークが次期当主の座へと返り咲くことになるかもしれない。

「い、いや、だ……俺は……てめぇに、だけは……負けられ……ね……ぇ………」

ゴーレムの拳に殴り飛ばされてなお、戦意を失わないラウルだったが、それでも意識が朦朧として視界が暗くなっていき――

「負けられねぇんだよおおおおおおおおっ!?」

――叫びながら目を覚ました。

「っ……ゆ、夢……?」

目を覚ましたラウルは、ホッと安堵の息を吐いた。どうやら長い悪夢を見ていたようだ。

五千もの兵を率いていながらルークに敗れるなど、どう考えても悪夢に違いない。そもそもあのような巨大迷路がたった一晩で荒野に出現したところから、すでにおかしかったのだ。

恐らくまだ荒野を前にした野営中だろう。

だが周りを見回したラウルは、そこが期待したテントの中ではないことに気づいてしまう。

「……牢屋?」

石の壁と鉄格子に囲まれた空間に、ぽつんと置かれたベッド。

ラウルはその上に横になっていた。

「おはよう、ラウル。どう、調子は?」

「っ!」

気安い声とともに鉄格子の向こうに現れた人物を見て、ラウルは思わず声を荒らげてその名を口にした。

「ルーク……っ!」

忌々しく睨みつけるが、相手はにっこり笑って言う。

「お腹空かない？」

「てめぇ……俺を馬鹿にしてるのかっ!?」

「してないしてない。ほら、この村の料理は絶品だよ」

そう言って鉄格子に設けられた差し入れ口から、トレイを差し入れてくる。

そこには料理が乗っていた。

「何のつもりだ!?」

「食べていいよ。大丈夫、毒なんて入ってないから」

「てめぇ……っ！」

怒りのあまり料理ごとトレイを蹴り飛ばしてやろうとしたところで、ラウルの鼻孔を香ばしいにおいが襲った。

思わずトレイに乗った料理を見てみると、そこにあったのは分厚いステーキ肉だ。

それも、見ただけでそれと分かるほどの高級肉である。熱々の鉄板の上に置かれており、まだジュウジュウと音を立てていた。

ごくり。ぐううう……。

喉と腹が同時に鳴った。

プライドと食欲が激しくせめぎ合う中、ルークが追い打ちをかけるように言う。

「うちのダンジョンで獲れたミノタウロス肉だよ」

「ミノタウロス肉!?　いや、それよりダンジョンだと……っ!?　この荒野にダンジョンがあるのか!?」

「うん。でもまぁ詳しいことは後で教えてあげるから、とりあえず食べなよ」

「っ……」

ミノタウロスの肉など、祝福の儀の後に行われたお祝いの席でしか食べたことがない。

あの味は今でも忘れられず、思い出しただけで唾液が溢れ出てくるほどだ。

この状況でもはや自分にできることはない。装備はすべて奪われ、分厚い鉄格子の奥に捕らえられている。

このまま餓えてしまえばさらに状況が悪化するだけで、むしろ食事を与えてくるような敵の愚かな行為を逆に利用してやればいいだろう。

……などと、頭の中で理屈を並べ立てたラウルは、その実、欲望に負けてその肉に手を出してしまった。

「うめぇぇぇぇぇぇぇぇぇぇぇぇっ!?」

ひと噛みした瞬間、旨味の爆弾が肉汁とともに口の中で弾け飛んだ。

かつて一度だけ食べたことがあるミノタウロスの肉。だが同じミノタウロスの肉だというのに、それを遥かに凌駕する美味さである。

そこからはもう手が止まることはなかった。かなり空腹だったこともあって、二百グラムはあっただろうそれを、気づけば一気に食べ尽くしてしまう。

残ったのは付け合わせの野菜だけ。

ラウルはあまり野菜が好きではない。ただ、肉を食べ切ってしまった悲しみを紛らわせるように、仕方なくそれを口にしたラウルは思わず目を見開いた。

「～～～～～～～う、うまい……っ!?」

苦手だったはずのニンジンですら、その果物のような甘みに驚愕し、あっさり食べ切ってしまう。

あっという間に付け合わせの野菜も完食していた。

「おかわりいる？」

「く、くれ……っ！」

憎き相手であることも忘れて、ラウルは思わず二皿目を要求する。

やがて散々食べまくってお腹が膨れたことで、ラウルはようやく冷静さを取り戻していた。

もはや認めるしかない。

「俺は……負けたのか……」

夢などではなかったのだ。あれはすべて現実で、自分は気を失った後にこの牢屋へと入れられてしまったのだろう。

「え？　何の話？」

「……え？」

なぜか首を傾げたルークに、ラウルはきょとんとしてしまう。

「いやー、助かったよ！　ラウルのお陰で、何とかツリードラゴンを撃退できたよ！　ラウルは攻撃を喰らって気を失っちゃってたみたいだけどね！」

「……お、おい、何を言ってんだ……？」

盛大にとぼけられて、ラウルは混乱する。

「あれ？　魔境からツリードラゴンが現れて、そのために軍を率いて撃退しにきたんでしょ？　もしかして頭でも打っちゃった？」

「……っ！」

ルークの意図にようやく気づいたラウルは啞然としてしまった。

まさか、今回のことを全部あの魔物のせいにして、手打ちにしてしまおうってのかよ……？

「てめぇっ……どこまで俺を馬鹿にしたら気が済む……っ!?」

「馬鹿になんかしてないけど？　むしろこれは利害の一致だよ」

「……利害の一致、だと？」

「うん。言ったでしょ？　僕は別にアルベイル家を継ぐ気なんてないし、この村で静かに暮らせればそれで満足だってさ」

「っ……」

何の曇りもない目でそう言ってのけるルークに、ラウルにもようやくこれが相手の本心なのだと

分かってきた。

「だから何もなかったことにして、領都に帰ってもらいたいんだ。もちろん、父上には内緒にしてさ。それなら君はこれまで通り、アルベイル家の次期当主。僕はただの荒野の村の村長のまま。ほらね、利害は一致してるでしょ？」

五千もの兵を率いて手痛い敗北を喫したラウルからすれば、これ以上ない申し出だった。

だが彼のプライドが、すんなりと頷くことを拒否してしまう。

「たった一年かそこらで、てめぇはこんな荒野にこれだけの街を築きやがったんだ！　その気になればアルベイルどころか、この国の……いや、世界の支配者になることだってできるかもしれねぇ！　なのにてめぇは、こんな荒野で満足するってのかよっ？」

「そうだけど？」

「ちっ……てめぇは……何でそんなんなんだよ……」

舌打ちの後、呆れたようにラウルは息を吐く。

兄弟ながら価値観があまりにもかけ離れ過ぎていて、ラウルにはまったく理解することができなかった。

これでは、ずっと対抗心を燃やしてきた自分が馬鹿みたいではないか。

怒りすらも萎んでいくのを感じていると、まるでそれを悟ったかのように、ルークが鉄格子をスライドさせ、出入りができるようにしていた。

「何の真似だ……っ？」

「あれ？　交渉成立だよね？」

「……ちっ」

ラウルは苛立ちながらも独房から出た。

剣を持っていないが、相手がルークなら殴り殺すことくらい可能だろう。

だが毒気が抜かれてしまったのか、もはやそんな気は起らなかった。

ルークはまるでそれを理解しているかのように、無防備に立っている。

「うんうん、思ってたより元気そうだね。それなら大丈夫そう」

「はっ、ちょっと気絶してただけだ」

「ちょっとって……あれから三日も経ってるんだけど？」

「三日!?　俺は三日も寝てたのか……？」

「うん。怪我の方はすぐ治療したんだけど、全然目を覚まさなくって」

道理で腹が空いていたわけだと納得しつつ、三日となるとすでに軍は自然解体し、兵士たちも大半が帰還しているはずだと推測する。

自分を含め、主要人物だけが牢屋に捕らえられていたのだろう。

「まだみんないるよ？　五千人くらい」

「は？」

街は活気に溢れていた。幾つもの商店が軒を連ね、人々が賑やかに行き交っている。

「たった一年でこれだけの街を……」

ラウルは啞然とするしかない。何もなかったはずの不毛の荒野に、僅か一年で人口一万を超える街を築き上げるなど、ルークを追い出したときには想像すらできなかった。

「迷宮産ミノタウロス肉の串焼きだよー」

「こっちは魔境産のオーク肉で作った豚まんだ！」

香ばしいにおいが漂ってきたかと思うと、信じられない呼び込みの声が聞こえてきた。

「お、おい、まさかここじゃ、ミノタウロスやオークの肉が普通に売られてんのか？」

「うん、そうだよ」

「……」

先ほど食べた肉の味が蘇ってきて、思わず屋台の方へと足を向けそうになったラウルだが、どうにか堪えた。

そうしてルークに連れて行かれた先にあったのは、圧倒されるほどの巨大な建物群だった。

「何だ、これは……？」

「マンションっていう集合住宅だよ。君の兵たちはひとまずここで預かってる」

「預かってるって……五千の兵だぞ……犬猫を預かるみたいなテンションで言うんじゃねぇよ……」

◇　◇　◇

「もう少しゆっくりしていったらいいのに」

三日間も眠っていたラウルが目を覚まして、僅か一日。

もう軍を引き連れて領都に帰還するつもりらしく、いつでも出発できるよう、ラウルは五千の兵たちを整列させていた。

「うるせぇ、これ以上こんなところにいたら、兵士どもがダメになっちまうだろうが」

ラウルが吐き捨てる。……ひどい言い様だ。

「別にそんな悪く言われるような扱いはしてなかったと思うんだけど……」

むしろお客様待遇で持て成したと言ってもいい。きっと快適に過ごせたはずだ。

「(もう帰るのか……もっとここに居たかったな……)」

「(はぁ、俺も正直帰りたくねぇよ……バカンスが終わってしまった気分だ……)」

「(何よりあの美味い酒がもう飲めねぇのかと思うと……)」

あれ、でも兵士たちの顔を見た感じ、みんなあまり元気じゃない？

つい昨日まではあんなにイキイキしていたのに……。

「……そっちの意味じゃねぇよ。ちっ、この街に人が集まる理由が完全に理解できたぜ……」

忌々しそうに呟いてから、ラウルは兵たちに向かって声を張り上げた。

「これより領都へ帰還する！」

軍がゆっくりと動き出す。

「って、おい、あの城壁の迷路はどこに行った!?」

「あ、それなら邪魔だからもう消去しちゃったよ」

「消去……」

何やら言いたげなラウルを、僕は手を振って送り出す。

「またいつでも遊びに来てね～っ！」

「ふざけんじゃねぇっ！　こんなとこもう二度と来ねぇよ！」

怒鳴り声が返ってきた。二度と来ないってことは、また攻めてくる気もないということだよね、うん。

「……行っちゃった」

「お疲れ様です、ルーク様」

「ミリア」

ラウル軍が去っていくのを見送っていると、ミリアがやってきた。

「それにしても、まさかあのラウル様を懐柔してしまわれるとは。さすがルーク様ですね」

「……懐柔？」

ラウル相手にそんなことができたら、とっくに世の中は平和になってると思う。

「単にお互いの利害が一致しただけだよ」

ともかく、これでもうこの村も安泰のはずだ。

「ルーク様！」

「あれ？　あなたは確か……」

どこかで会ったことのある男性が、こちらに駆け寄ってきた。すぐ後ろにセレンとセリウスくんが続いているのを見て、ピンとくる。

「バズラータ伯爵……？」

バズラータ家の当主、つまりはセレンたちのお父さんだ。

僕は思わず身構えてしまった。

「娘と息子がお世話になっています！」

……あれ？

「それにしても、こんな短期間にこれほどの街を築かれるとは！　さすがルーク様ですな！　荒野へ開拓に出られたと聞いたときは驚きましたが、きっとアルベイル侯爵もルーク様を信じておられたのでしょう！」

てっきり二人を取り戻すために乗り込んできたと思ったんだけど、どうやらそんな雰囲気ではなさそうだ。

「ルークが勝ったからって、手のひらを返し過ぎでしょ。どうせラウル側に付く気でここまで来たくせに」

セレンが呆れ顔で鼻を鳴らす。

「姉上、そんなことはありません。父上は我々に加勢するためにわざわざ兵を率いてきてくれたのです」

「ももも、もちろん、セリウスの言う通りだぞ！」

……本当かな？

「ともかく、ルーク様！　これからも我が子らをお願いしますぞ！　では、儂はこれで！」

どうやらもう行ってしまうらしい。急な事態で慌てて領地を飛び出してきたこともあって、すぐに帰りたいのだそうだ。

「少しくらい村で休んでいっても……」

「「それは絶対やめた方がいい（わ）！」」

「じゃあ、せめて食事くらい……」

「「それもやめた方がいい（わ）！」」

なぜかセレンたちに全力で止められてしまった。

もしかして、あまり親子仲がよくないのかな……。

「だって、帰りたくないとか言い出したら大変だもの……」

「さすがに領主の父上まで領地からいなくなるわけには……」

「……？」

なぜ二人がそんなに心配しているのかはよく分からなかったけれど、これで二人の村への移住が正式に認められたってことでいいんだよね？

よかったよかった。


バズラータ伯爵が帰っていった後。

五千の兵がいなくなって、すっかり静かになったマンションへと足を運んだ。

「ええと……そこに一人隠れてるよね？」

「っ!?」

「大丈夫。別に怒らないから出てきて」

とある部屋のクローゼットの中から、おずおずと一人の青年が姿を現す。

ラウル軍にいた兵士の一人だ。

「みんな帰っちゃったよ？」

「わ、分かっている……だけど……」

「だけど？」

「この村での生活が快適すぎて！　帰りたくなかったんだああああっ！」

え、そっち？

てっきり軍務が厳し過ぎて、嫌になっちゃったのかと思ったのに。

勝手に軍から離脱し、マンション内に隠れていたのは彼だけじゃなかった。

全部で三十人くらいもいた。

大量の部屋の中から全員を見つけ出すのは、普通なら大変な作業だろうけれど、マップ機能のお陰でサクサク見つけることができた。

普通こんなに置いていっちゃうかな？

たぶん慌てて出発したから人数確認が疎かになってしまったのだろう。

「どうかこの村に置いてください！」

「「お願いします！」」

必死に頭を下げてくる脱走兵たち。

詳しく聞いてみると、全員が普段は別の職業に従事していて、有事の際にのみ駆り出される召集兵らしい。

それならまぁ、大ごとにはならないかな。

どのみち帰還後には解散するだけだっただろうし。

「いいけど、ちゃんと家族や地元には事情を伝えてからにしてね。家族を連れてきても構わないから」

「「ありがとうございます！」」

ということで、いったん帰らせることにした。


この村に移住したいと言い出したのは彼らだけじゃなかった。

「え？　ダントさん、リーゼンに戻らないんですか？」

「はい。ルーク様がよろしければ、ぜひこの村に置いていていただけたらと」

どうやらダントさん一行もこの村に残りたいらしい。

「もちろんそれは構いませんが……大丈夫なんですか？」

「きっとそのうち新しい代官が来るでしょう。それに今さら戻ったところで、さすがに我が一族が代官を続けるというわけにはいかないでしょうからね」

ラウルに真っ向から敵対してしまったわけで、確かに代官を続けるにしても大変だろう。

「分かりました。ではこれからもぜひよろしくお願いします」

「あ、ありがとうございます……っ！（よかった……妻がここでの生活を気に入っていて、また街に戻ると言ったらどうなることか……）」

なぜか急に涙ぐむダントさん。

……やっぱり本当は代官を続けたかったのかもしれない。

エピローグ

「エデル様！　ご報告です！　都市メネールが陥落！　反乱軍の首謀者リネル＝シュネガーは自害したとのことです！」

「そうか。これでシュネガーは完全に我が物となったな」

部下からの報告に顔色一つ変えずに頷いたのは、ルークやラウルの父、エデル＝アルベイル侯爵だった。

シュネガー家との戦いに勝利した後も、その残党が徹底抗戦を続けていた。

だがその拠点となっていた都市を落とした今、もはやアルベイルに逆らう者はいない。

元々この国では、五大勢力と呼ばれる五つの勢力が争っていた。

新興勢力である北東のアルベイル侯爵家と南東のシュネガー侯爵家。旧家である北西のカイオン公爵家と南西のタリスター公爵家。そして中央の王家だ。

そんな中、アルベイルがシュネガーを取り込んだのだ。今やカイオンとタリスターも恐れるような相手ではなく、王家も到底手を出すことができないほどの大勢力と化していた。

それから数日後。国王の勅書を携え、使者が訪ねてくる。

「エデル＝アルベイル卿、貴殿に公爵位を授けたいとの陛下のご意向だ。ついては、王宮へ参上いただきたい」

王家の使者らしい高慢な態度で告げられたその内容を、彼は一蹴した。

「要らん」

「……は？」

てっきり相手が歓喜するだろうと思っていた使者は、予想外の返答に唖然とし、そして声を荒らげた。

「な、何を言っておられるのだ……？　こ、これ以上ない栄誉だというのに、貴殿は要らぬと申すのかっ!?」

現在の公爵家は旧家であるカイオンとタリスターだけで、新興であるアルベイルがそれを新たに戴くとなれば、王国の歴史に名を残すほどの出来事だ。使者が言う通り、これ以上の栄誉はない。

しかしエデルは吐き捨てる。

「何が爵位だ。腐敗した宮廷貴族どもに乗っ取られ、すでに何の求心力も持たない王家ごときに、一体どんな権威があるというのだ？」

「なっ……」

爵位を与える、それはすなわちアルベイル家は王家の臣下であるということを、改めて世に知らしめることに外ならない。だが彼はそれを良しとはしなかった。

「き、貴様っ！　王家を愚弄するのか!?」

「ふん、今さら王家などを怖れるとでも思うか？　お前たちはいつまで自分たちが天下であると勘違いしている?」

「っ……そ、それ以上の侮辱は許さぬぞ!?」

　顔を真っ赤にして激怒する使者だったが、エデルが立ち上がって近づいていくと、その威圧感だけで気圧されたのか、「ひっ」と悲鳴を漏らしてその場に尻餅をつく。

「帰って無能な王と取り巻きの豚貴族どもに伝えろ。公爵位など要らん。それよりも私に王位を寄越せ、と」

「～～～っ！」

「さもなければ――」

　エデルは使者の髪の毛を無造作に掴み上げ、宣戦布告するのだった。

「――王都に攻め込み、全員仲良くあの世へ送ってやる、とな」

おまけ短編　ダンジョンマスターの孤独

その日、僕は直通の地下通路を使い、ダンジョン最下層にいるダンジョンマスターのアリーに会いにきていた。

「ルーク！　もしかして遊びにきてくれたんですケド!?」

よっぽど嬉しかったのか、満面の笑みでくるくると宙を飛び回る。

彼女は妖精だ。

見た目は人間の女の子だけれど、僕の掌に乗るくらいに小さくて、キラキラ光る翅《はね》が背中に生えている。

「うん、そうだよ。どう？　ダンジョンポイントの方は？」

「いっぱい入ってきて、ウハウハなんですケド！」

ドワーフたちがダンジョン内で生活するになって、数日が経っている。

どうやら無事にダンジョンを構築するためのポイント——ダンジョンポイントが貯まってきているらしい。

わざわざ村をダンジョンのところまで移動させてきたかいがあった。

「早速、このポイントを使って、ダンジョンを作り替えようと思ってるんですケド！」

「ちなみにどんなことができるの？」

アリーが言うには、魔物の生成や罠の設置、それから階層の拡張や増築なんかが可能らしい。

当然、強力な魔物や複雑な罠を作るには、相応のダンジョンポイントが必要になる。

「洞窟の中に草木を生やしたり、川を作ったりもできるんですケド！」

「へえ。じゃあ、そのフィールドに合わせて魔物を配置すれば、弱い魔物でも冒険者にとって厄介な敵にできるってことか」

「っ！　その発想はなかったんですケド!?　もしかしてルークは天才なんですケド!?」

「いや、そんなに感動するようなアイデアじゃないと思うけど……」

さらにアリーが言うには、洞窟をベースに草木や川を配置するのではなく、そもそも階層を丸ごと草原とか砂漠にしたりもできるそうだ。

ただ、それには桁違いのポイントが求められるらしく、現状では手が届かないらしい。

「じゃあ、その辺はひとまず置いておいて、シンプルな洞窟型のままにしておいた方がよさそうだね。それをせめて五階層くらいまではほしいかな」

今は二階層なので、三階層も増築しなければならない。

「了解なんですケド！」

「後は前にも言った通り、少しずつ魔物を強くしていったり、罠を適度に配置したりしていくようにね」

「はい先生！」

「先生って……」

その後も僕はダンジョンを構築する上で重要な点を、幾つかアリーにアドバイスしていった。

……別に僕、ダンジョンの専門家じゃないんだけど。

「それはそうと、アリーはいつからここでダンジョンマスターやってるの？」

「数えてたわけじゃないから分からないんですケド！　でも五十年くらいは経ってる気がするんですケド！」

「五十年か……でも、何でダンジョンマスターに？」

「気が付いたらそうだったんですケド！」

目が覚めときには部屋の中に居て、傍にダンジョンコアがあったという。

「だから他の妖精は見たことないんですケド！　というか、妖精どころか、ダンジョンで作った魔物以外、他の生き物と会ったのはルークたちが初めてなんですケド！」

「そうだったんだ。じゃあ、それ以前の記憶は一切ないってこと？」

こうして普通に言葉を話しているし、無から生まれてきたというわけではなさそうだけど。

「ないわけじゃないんですケド！　ただ、断片的にしか覚えてないんですケド！」

「それって……前世の記憶ってこと？」

「そうかもしれないんですケド！」

……まるで僕みたいだ。

もしかしたらアリーも転生してダンジョンマスターになったのかもしれない。

僕のようにまったく違う世界からではないかもしれないけど、詳しく訊いてみれば、前世について解き明かすヒントになる可能性も……。

「ただ、一つだけ確実な記憶があるんですケド！」

「え？　それはどんなの？」

「とっても煌びやかな世界で、大勢のイケメンにチヤホヤされてる記憶なんですケド！　毎日代わる代わるイケメンがアタシのところに来ていたんですケド！」

「うーん……それって、単に夢で見ただけなんじゃ……」

だって、あまりに都合が良すぎる記憶だし。

「夢じゃないんですケド！　あれは間違いなく現実に起こったことなんですケド！」

うん、まぁ……本人がそう信じているならそれでいいけど……。

残念ながら詳しく訊いてもヒントにはならない気がする。

「それはそうと。アリー、今日の夜って時間ある？」

「いつもずっと暇なんですケド！」

「そ、そう……じゃあ、夜になったらドワーフたちのところに来てよ」

「……？」


そうしてその日の夜、ドワーフたちが暮らす区域にアリーがやってきた。

「ルーク、来たんですケド！」

そこで彼女を待っていたのは――

「「「「「「「「「「ようこそ、ルーク村へ!!」」」」」」」」」」

「っ!?」

総勢二百人を超える村人たちだった。

さらに、ずらりと並んだテーブルの上には大量の料理が用意されている。

「これは……？」

「歓迎会だよ、アリー」

「歓迎会……？　誰の何ですケド？」

「もちろん君のに決まってるでしょ」

「え？　アタシの歓迎会……？」

「いつも村人が増えたら、こうして歓迎会を開くことにしているんだ。でも、アリーはダンジョンから出られないからさ」

　実は少し前にも歓迎会を行ったんだけれど、アリーのことをすっかり忘れてしまっていたのだ。

　後から思い出して、こうして急遽、彼女のためだけに開催することにしたのである。

　さすがにスペースの関係もあって全員を集めることはできなかったので、参加者を選抜させてもらったけど。

　声をかけたみんなは快く応じてくれた。

「で、でも、アタシは……村には入れないんですケド……」

「え？　ここもすでに村の一部でしょ？　君も立派な村の住人だよ」

「あ、アタシなんかが……村の一員になっても、構わないんですケド……？」

「ダメだったらこんなに集まらないよね」

「ううう……」

「アリー？」

「めちゃくちゃ嬉しいんですケドおおおおおおおおおおおおおおおおおっ!!」

「わっ？」

　大声で叫びながら、アリーが猛スピードで周囲を飛び回った。

「ずっと寂しかったんですケドおおおおおおっ！」

　小さな身体で大粒の涙を流すアリー。それが雨のように降ってきた。

彼女はこの薄暗いダンジョンの奥で、五十年もたった一人で生きてきたという。

いつもテンションが高くてそんなことを感じさせないけれど、きっと想像できないくらいの孤独だったはずだ。

「これからはもう一人じゃないよ。僕たちが一緒だからね」

「うわあああああああああんっ！　優し過ぎなんですケドぉぉぉっ！」

「ちなみに今日は要望通り、できるだけ顔のいい男性を集めてみたんだけど、どうかな？」

「チョーばっちりなんですケドおおおおおおおおおおおおおおおおっ!!」

そのとき視界に文字が浮かび上がった。

〈アリーを村人にしますか？　▼はい　いいえ〉

そう言えばまだ正式な村人にはしてなかったんだっけ。

もちろん僕は「はい」を選ぶ。

こうしてダンジョンマスターの妖精アリーが、新たな村人として加わったのだった。


【3巻に続く】

あとがき

お久しぶりです。作者の九頭七尾です。

記念すべき新レーベル『ＳＱＥＸノベル』創刊第一弾ということで、大変ドキドキしておりましたが、大勢の皆様が応援してくださったお陰で、こうして無事に二巻を刊行することができました。本当にありがとうございます！

できる限り長く続けていきたいと思っていますので、これからもぜひよろしくお願いいたします。


さて、前巻のあとがきでもお伝えした本作のコミカライズですが……

いよいよマンガＵＰ！にて、６月から連載がスタートすることになりました！

このあとがきを書いている時点で、すでにご担当の蚕堂ｊ１さんから素敵な原稿をいただいておりまして、そのあまりのクオリティに悶えているところです（笑）。

こちらもぜひぜひ楽しみにお待ちいただければ。

それでは謝辞です。

引き続きイラストを担当してくださったイセ川ヤスタカ様、今回も素敵なイラストをたくさんありがとうございます。特にアリーが可愛くてお気に入りです。

今後もぜひ引き続き描いていただきたいので、たくさん売れてほしい……。

また、担当編集のI氏をはじめ、出版に当たってご尽力くださった関係者の皆様、今回も大変お世話になりました。今後もよろしくお願いします。

最後になりましたが、本作を手に取っていただいた皆様に心からの感謝を。

またまた次巻でお会いできれば幸いです。

ありがとうございました。

九頭七尾

万能「村づくり」チートでお手軽スローライフ
村ですが何か？
スクエニのマンガアプリ
マンガUP!にて
6月コミカライズ連載開始!!
https://magazine.jp.square-enix.com/mangaup/

蚕堂j1先生の
美麗な作画で魅せる
幸せいっぱい
村づくりをお楽しみに!!
原作：九頭七尾・イセ川ヤスタカ
漫画：蚕堂j1

大人のエンタメ、ど真ん中!
SQEX ノベル 毎月7日発売
SQEXノベル
私、能力は平均値でって言ったよね!
著者:FUNA イラスト:亜方逸樹
万能「村づくり」チートでお手軽スローライフ ～村ですが何か?～
著者:九頭七尾 イラスト:イセ川ヤスタカ
勇者パーティーを追放された俺だが、俺から巣立ってくれたようで嬉しい。 ……なので大聖女、お前に追って来られては困るのだが?
著者:初枝れんげ イラスト:柴乃櫂人
魔剣の弟子は無能で最強! ～英雄流の修行で万能になれたので、最強を目指します～
著者:ふか田さめたろう イラスト:植田亮
ダンジョンの奥地にて剣を500年振り続けたスケルトン、人としての生を受け最強に至る
著者:トラジロウ イラスト:ファルまろ
悪役令嬢は溺愛ルートに入りました!?
著者:十夜 イラスト:宵マチ
人狼への転生、魔王の副官
著者:漂月 イラスト:手島nari.
●転生したらドラゴンの卵だった ～最強以外目指さねぇ～
●片田舎のおっさん、剣聖になる ～ただの田舎の剣術師範だったのに、大成した弟子たちが俺を放ってくれない件～
●雑用係兼支援術師はパーティー追放に憧れる ～世間は追放ブームなのに、俺を過大評価するパーティーメンバーたちが決して手放そうとしてくれない～
●この度、私、聖女を引退することになりました
●退屈嫌いの封印術師 ～復活せし不死王たち～
●わたしはふたつめの人生をあるく!
●パイプ使いは紫煙を纏う ～俺だけが使える毒草からスキル無限採取術～

マンガUP!
毎日更新
名作&新作100タイトル超×基本無料=最強マンガアプリ!!
GC UP! 毎月7日発売
魔王学院の不適合者
~史上最強の魔王の始祖、転生して子孫たちの学校へ通う~
原作:秋 漫画:かやはるか
キャラクター原案:しずまよしのり
失格紋の最強賢者
~世界最強の賢者が更に強くなるために転生しました~
原作:進行諸島(GAノベル/SBクリエイティブ刊) 漫画:肝匠&馮昊(Friendly Land)
キャラクター原案:風花風花
転生賢者の異世界ライフ
~第二の職業を得て、世界最強になりました~
原作:進行諸島(GAノベル/SBクリエイティブ刊) 漫画:彭傑(Friendly Land)
キャラクター原案:風花風花
神達に拾われた男
原作:Roy 漫画:蘭々
キャラクター原案:りりんら
異世界賢者の転生無双
~ゲームの知識で異世界最強~
原作:進行諸島(GAノベル/SBクリエイティブ刊) 作画:三十三十
キャラクター原案:柴乃櫂人
ここは俺に任せて先に行けと言ってから10年がたったら伝説になっていた。
原作:えぞぎんぎつね(GAノベル/SBクリエイティブ刊)
作画:阿倍野ちゃこ
ネーム構成:天王寺きつね
キャラクター原案:DeeCHA
勇者パーティーを追放されたビーストテイマー、最強種の猫耳少女と出会う
原作:深山鈴 漫画:茂村モト
https://sqex.to/mup
※一部アプリ内課金あり
●「攻略本」を駆使する最強の魔法使い ~<命令させろ>とは言わせない俺流魔王討伐最善ルート~
●おっさん冒険者ケインの善行
●二度転生した少年はSランク冒険者として平穏に過ごす ~前世が賢者で英雄だったボクは来世では地味に生きる~
●最強タンクの迷宮攻略~体力9999のレアスキル持ちタンク、勇者パーティーを追放される~
●冒険者ライセンスを剥奪されたおっさんだけど、愛娘ができたのでのんびり人生を謳歌する
●落第賢者の学院無双 ~二度目の転生、Sランクチート魔術師冒険録~
他
©Roy ©Shinkoshoto/SB Creative Corp. ©SHU 2019
©Suzu Miyama ©Ezogingitune/SB Creative Corp. Licensed by KADOKAWA CORPORATION

SQEX ノベル

万能「村づくり」チートでお手軽スローライフ ～村ですが何か？～ ②

著者
九頭七尾

イラストレーター
イセ川ヤスタカ

2021年5月7日　初版発行

発行人
松浦克義

発行所
株式会社スクウェア・エニックス
〒160−8430
東京都新宿区新宿6−27−30　新宿イーストサイドスクエア
（お問い合わせ）スクウェア・エニックス　サポートセンター
https://sqex.to/PUB

印刷所
中央精版印刷株式会社

担当編集
稲垣高広

装幀
冨永尚弘（木村デザイン・ラボ）

ISBN978-4-7575-7250-8 C0093　Printed in Japan